KB196788

잠시 마음의 짐을
내려놓고 산책해요

# 잠시 마음의 짐을 내려놓고 산책해요


발행일 2025년 2월 7일

지은이 윤영곤
펴낸이 손형국
펴낸곳 (주)북랩
편집인 선일영　편집 김현아, 배진용, 김다빈, 김부경
디자인 이현수, 김민하, 임진형, 안유경, 신혜림　제작 박기성, 구성우, 이창영, 배상진
마케팅 김회란, 박진관
출판등록 2004. 12. 1(제2012-000051호)
주소 서울특별시 금천구 가산디지털 1로 168, 우림라이온스밸리 B동 B111호, B113~115호
홈페이지 www.book.co.kr
전화번호 (02)2026-5777　팩스 (02)3159-9637

ISBN 979-11-7224-483-5 03810 (종이책)　979-11-7224-484-2 05810 (전자책)

# 잠시 마음의 짐을 내려놓고 산책해요

윤영곤 지음

북랩

# 들어가며

1970년대 초등학교 시절을 회상해 본다.

한 해에 두 번씩 맞이하는 방학, 그 기간을 이용해 외갓집에 다녀온다는 것은, 소풍 가는 날이 정해지면 그날이 오기를 손꼽아 기다리는 것에 버금가는 설렘이 함께했다.

외갓집에 다녀오려면 낙동강을 건너야만 했는데, 나룻배가 유일한 이동 수단이었다. 강가 나루터에는 뱃사공 아저씨가 인정 넘치는 미소를 지으며 손님을 기다리고 계셨다. 이런저런 사연을 안은 사람들이 나룻배에 오르고 어느 정도 공간이 채워지면 아저씨는 나루터에 묶어 놓은 닻줄을 풀고 노를 젓는다.

그런데 아저씨는 닻줄을 풀면서 누군가를 기다리는 표정과 함께 저 멀리 지평선을 반복해서 살피신다.

떠날 시간이 되었으니 닻줄을 풀고 출발하면 그만인데 아저씨가 지평선을 살피는 이유가 무엇일까?

혹여 급한 사정이 생겨 지금 당장 나룻배를 타기 위해 황급히 달려오고 있을 그 누군가를 걱정하는 훈훈한 마음에서 표출되는 행동 그것이 이유의 전부이다.

선대(先代)의 피와 땀과 눈물 그리고 맑은 희생을 통하여 어렵게 마련된 세상, 물질의 풍요와 더불어 이것에 지나친 집착은 인간의 삶에 단비와 같은 인문 분야의 결핍을 초래하였고 이런 환경 속에서 파생되는 소외와 갈등은 인간이, 인간에 의해, 인간을 위한 세상을 만들어 가야 할 책임을 망각하는 현상을 잉태하고 있다.

사회적으로 문제의 심각성을 인식한 일부 학자들은 인간이 과학 문명 덕분에 생활의 편리함과 물질적인 풍족함을 누리고 있는 것은 긍정적으로 평가할 부분이지만, 인간 사회를 유지하고 이끌어 가는 데 있어 핵심적인 축 중의 하나인 인륜적 덕목이 무너지고 있음을 염려하고 이런 어두운 흐름을 해소하기 위해, 방관에서 벗어나 실질적인 대안을 마련하고 함께 실천해야 함을 주문하고 있다.

인간적인 삶이 좋은 것임을 알지만, 살아가면서 남을 위해 먼저 배려하는 것이 으뜸의 덕목이라는 것 또한 잘 알고 있지만 치열한 생존 경쟁의 일상에서 그런 생각을 하기란 쉽지 않다.

생존 경쟁의 틀 속에서 나 자신이 최소한 인간의 근본을 유지하고 존재 가치를 지키면서 살아갈 수 있었던 것은, 닥친 위기 앞에서 무기력한 나 자신을 질책하고 때로는 응원하며 삶의 이유와 가치를 담았던 일기장이었다.

외로운 날에는 외로움을 달래고 힘들 때는 새로운 각오를 만들어 내고 삶을 포기하고 싶을 때는 살아야 하는 이유를 찾고 또한 사회 혼란으로 인해 찾아온 정신적인 혼란을 해소하고 새로운 마인드와 질서를 마련할 수 있었던 것은 일기장의 영향력이었다.

그동안 써온 일기장을 그냥 묻어두기보다는 내용의 일부분을 발췌하고 다듬어 책으로 내놓으면, 바쁜 일상을 살아가는 누군가에게 최소한 자신의 삶에 대해 복기해 볼 수 있는 여유와 착한 용기를 보탤 수 있을 것이라 생각했다.

한 치 앞을 내다볼 수 없는 다양한 불확실성 속에서 점점 늘어나기만 하는 마음의 짐, 잠시 내려놓고 책과 함께, 옛날 강가 나루터에서 손님을 기다리는 뱃사공 아저씨와 같은 따뜻한 마음과 배려의 삶을 한 번쯤 구상해 보기도 하고, 본의 아니게 마음 한 곳에 숨겨 놓았던 귀중한 추억을 되짚어 보기도 하고, 그래서 오늘보다 더 나은 내일을 만들어 가길 소망한다.

2025년 2월 1일
윤영곤

## 목차



### 1장 추억의 오솔길

## 2장 가족의 뒤안길



## 3장 삶의 언덕길

## 4장 희망의 둘레 길

# 1 / 추억의 오솔길

•

# 봄날

토요일, 일상에 얽힌 복잡한 일들을 제쳐두고 고향을 찾았다.

늦은 점심시간, 어머니께서 차려 주신 밥상에 올려진 쑥국의 향은 지난날 대가족의 식솔을 수발하며 어려운 살림을 꾸려 오셨던 할머니에 대한 그리움을 떠올리게 했다. 손자들에 대해 사랑이 남달랐던 할머니에 대한 회상은 물질적으로 풍족한 환경 속에서 허술한 삶을 살아가고 있는 내게 자극과 반성을 안겨줬다.

겨우내 꽁꽁 얼어 있던 얼음이 녹고 녹아 시냇물을 이루고, 버들강아지 곁을 타고 흐르는 시냇물 속에 어우러져 있는 개구리 알을 보며 머지않아 조용히 펼쳐질 올챙이들의 맑은 숨결과 놀이 풍경을 상상해 본다.

밭두렁에 누워 곤히 잠들어 있는 황소의 모습을 지켜보면서, 지금과는 사정이 다르지만 힘든 논밭 일을 척척 해내서 가족의 사랑을 홀로 차지했던 지난 시절의 우리 집 소 누렁이, 집안의 재산 목록에서 중요한 몫을 차지했던 누렁이 안부가 궁금해진다.

아지랑이 너머의 보리밭에는 어둡고 무거운 겨울 터널을 지나 봄기운과 호흡을 함께하는 보리 싹이 넉넉히 자랄 날을 기대하며 하늘을 향하고 있다. 초등학생 시절, 겨울 방학 중에 특별 소집이 있는 날이면 무슨 일인지 궁금한 마음이 앞섰다. 다름이 아니라 보리 싹의 원만한 발육을 돕기 위해 보리밭으로 나가 보리 밟기를 하는 것이 소집의 이유 중 하나였다. 어쩌면 이것은 배고픔이 함께했던 시절의 착한 몸부림이었을 것이다.

산야의 가뭄을 해결하기에는 부족하지만, 조용히 내리는 봄비를 맞으면서 뭐가 그렇게 좋은지 한바탕 즐거운 웃음과 함께 소란을 피우며 지나가는 꼬마들의 모습을 지켜보면서, 지금 당장이라도 옛날 소꿉장난 친구들을 불러 모아 꼬마들 부럽지 않게 즐거운 시간을 마련하고 싶은 충동을 느낀다.

추억을 함께 만든 친구 중 몇몇이 애석하게도 불의의 사고와 병마로 우리 곁을 먼저 떠났다. 함께 만들어 곳곳에 숨겨 놓은 봄날의 추억을 통해, 떠나 있지만 떠나지 않은 이생의 인연을 알알이 회상하고 그리움을 이끌어 낼 수 있어 다행이다.

고향의 봄날에 스며져 있는 어머니의 포근한 향기, 변함없이 흐르는 시냇물과 그 속에서 꿈틀거리는 생명체의 향연, 접하는 곳곳마다 수놓인 어린 시절 추억을 회상할 때면, 삶 속에 내려놓지 못하는 번민들을 아무런 저항 없이 떨치게 하고 그 빈자리에 새로운 희망과 용기로 채워지니 봄날과 함께하는 고향의 추억 놀이는 말 그대로 기쁨이고 위로이며 마음의 치유다.

내 마음에 스며든 봄날의 향기, 넉넉하지는 않지만 고향에 숨겨 놓고 조용히 즐기는 봄날의 추억은, 각박하고 치열한 삶의 경쟁 속에서도 최소한 외롭지 않은 삶, 결코 부끄럽지 않은 삶을 담보해 낼 수 있는 마음의 빛이 될 것이라 확신한다.

•

# 소꿉놀이 친구

세상에 태어나서 부모 다음으로 알게 되는 친숙한 존재가 바로 소꿉놀이 친구라는 생각, 그것에 대한 나의 집착은 남다르다.

태어난 곳에 따라 그리고 성장해 온 환경에 따라 친구에 대한 생각과 집착하는 비중의 정도는 다를 수 있다. 의식주가 자유롭지 못한 시대, 농어촌을 성장 배경으로 어린 시절을 보낸 사람들은 소꿉놀이 친구들과 어울리면서 자연스럽게 만들어진 추억을 마음속 특별한 보석으로 간직하고 있을 것이다. 어쩌면 부모 형제와 얽혀 있는 추억보다 소꿉놀이 친구들과 더 많은 그것을 가슴에 간직하고 살아가고 있을 수도 있다.

어린 시절, 친구들과 나는 성장 과정에 있어서 부모의 여유 있는 손길을 기대할 수 없었다.

농경 생활 자체가 가족 모두의 생계 문제를 해결하는 것이 우선이었기 때문에, 모든 것이 어른을 우선으로 하는 위계 중심의 대가족 문화의 시대였기 때문에, 부모와 자식들이 별도로 시간을 마련해서 함께 어울린다는 것은 현실적으로 그리고 정서적으로 불가능했다.

어린 마음에도, 그런 환경에서 부모님의 자상한 보살핌을 받는다는 것이 어려운 것임을 인지했기 때문이었을까?

소꿉놀이 친구들은 시간이 날 때마다 함께 모여 산과 들 그리고 냇가와 강변을 돌아다니며 부모로부터 쉽게 기대할 수 없는 관심과 사랑을 다른 방법으로 치유할 수 있는 포근한 도구를 마련하고 이를 통해 맑고 착한 추억을 만들었다.

고향 그리고 고향 친구와 함께한 소중한 추억을 온전히 챙기고 있기에 세월의 흐름 속에 외롭고 힘들 때 그리고 모든 것을 포기하고 물러서고 싶을 때마다 숨겨둔 그 추억들을 소환하여 마음을 치유했다. 궤도를 이탈하려는 나 자신을 질책하고, 새롭게 존재가치를 찾으며 외롭지만 외롭지 않게 뚜벅뚜벅 걸어왔다.

소꿉친구들에 대한 그리움만큼이나 풍성한 밤하늘과 보름달을 벗

삼아, 이름을 부르면 당장이라도 나타날 것 같은 소꿉놀이 친구들의 얼굴을 떠올리면서 어릴 적 추억을 하나씩 불러내어 향연을 펼쳐본다.

친구야,

초등학생을 수용할 수 있는 배움의 터가 마련되지 않아 우리는 마을 성당을 교실 삼아 학교를 다녔었지. 그 성당은 세월 속에 폐허로 흔적만 남아 있지만 성당 마룻바닥에 앉아서 선생님이 무서워 급한 소변도 꾹 참으며 한글을, 구구단을, 바른생활을 배우던 모습들이 어렴풋이 뇌리를 스쳐가네.

친구야,

그 시절에는 모두 비슷한 생활환경이었지만, 학교에서 선생님이 소풍가는 날을 알려주면 그 순간부터 그날이 빨리 오길 학수고대했지.

소풍가는 날이 왜 그렇게 기다려졌을까?

그저 의미 없는 막연한 기다림이라 생각하고 지냈는데, 지금에 와서 곰곰이 생각해 보면, 그것은 봄가을 소풍날에만 공식적으로 맛볼 수 있는 김밥, 삶은 계란, 달콤한 음료수가 기다리고 있었기 때문이었지 뭐야. 배고픔이 함께했던 가난한 환경이 소풍 행사와 어울려 새로운 추억을 남겼다는 생각에 씁쓸한 맘 감출 길 없네.

친구야,

빈곤의 터널을 벗어나기 위해 국가가 기획한 새마을 운동이 전국 방방곡곡으로 확산되고 있던 1970년 대, 매주 일요일 새벽이면 우렁찬 새마을 노래와 함께 마을 대청소가 시작되는데, 어른 아이 할 것 없이 모두 나와 골목 구석구석을 청소하고 장마로 인해 훼손된 마을길을 정리하기도 했지.

아침부터 구슬땀을 흘리는 어르신을 돕기 위해, 삼삼오오로 자갈도 줍고, 흙도 퍼 나르기도 하면서, 스치는 어르신들의 표정에서 자신을 희생하더라도 자식에게 가난만큼은 물려주지 않겠다는 굳은 의지를 읽을 수 있었지.

또한 마을 청소에 함께한 아이들은, 마음 한편에 최소한 어르신의 노고에 감사함을 간직하고 고생하시는 어르신을 위해 보답할 수 있는 것이 무엇일까 생각하며 장래 꿈에 대해 생각해보고 자신과의 약속을 다지는 시간이기도 했지.

친구야,

추운 한겨울, 우리는 시간가는 줄도 모르고 평평한 밭에서 땅바닥에 오징어모형을 그려 놓고 놀이를 즐겼지. 짚단이 쌓여 있는 양지바른 곳은 추위에 얼어붙은 몸을 녹여주는 보온의 장소였지.

너무나 즐거운 나머지 우리는 얼굴과 옷이 먼지투성이가 되어 이후에 닥칠 어머니의 질책이 걱정되기는 했지만, 이 또한 아랑곳하지 않고 정말 즐거운 시간을 보냈지.

서쪽 산 너머로 떨어지는 석양을 바라보며, 제발 해가 지지 말고 이대로 머물면 좋겠다고 생각할 만큼 놀이를 접기란 정말 싫었지. 하루 종일 놀면서 엉망이 되어 버린 옷을 서로 털어주며, 어머니께 야단맞을 걱정에 침묵을 지켰지. 하지만 우리는 말하지 않아도 내일 또 이 자리에서 만날 것을 마음속으로 다짐하였지.

친구야,

매년 동짓날 밤이면 우리는 어김없이 모임을 가졌지.

어른들이 다들 잠든 틈을 이용해서 동네를 다니며 집집마다 부엌 솥에 한두 그릇 남겨둔 팥죽을 서리(떼를 지어 남의 과일, 곡식, 가축 따위를 훔쳐 먹는 장난)해 배고픔을 채웠지. 혹 들킬세라 숨을 죽여가면서 남의 집 부엌을 뒤졌고 우릴 기다린 듯 가마솥 안에 놓여 있는 팥죽을 대하는 순간, 짜릿한 기쁨을 맛볼 수 있었지.

주인에게 발각되면 엄청난 파장이 일어날 수 있는 잘못된 행위임에도 불구하고 어떻게 들키지 않고 그런 서리를 할 수 있었는지, 항상 궁금증을 안고 있었는데, 최근에 그 의문을 풀 수 있었지.

어떻게 팥죽 서리가 아무런 소동 없이 성공할 수 있었을까?

동네 어른신도 어릴 적 동짓날엔 팥죽 서리를 경험했고, 우리가 지금 하고 있는 팥죽 서리가 오히려 동네 어르신에게 어린 시절의 추억을 상기시키는 촉매 역할을 했던 것이지. 그래서 우리가 찾기 쉬운 곳에 팥죽을 보관했고, 한밤중에 인기척이 있어도 못 들은 척 지나온 것이지.

친구야,

정월 대보름날이면 우리는 병정놀이를 즐겼지.

우리 마을 청년들과 이웃 마을 청년들이 뒷산 정상을 목표로 정해 놓고 이를 차지하려 밀고 밀리며 치열하게 전개되었던 병정놀이, 그때 우리는 무슨 영문인지 모르고 형들이 시키는 대로 험한 산을 오르내리며 구슬땀을 흘렸지. 세월이 훨씬 지난 뒤에 알게 되었지만, 이런 병정놀이가 순수한 정월 대보름날에 치르는 민속놀이도, 마을과 마을 간의 친목을 다지는 놀이도 아니었고 사실은 과거에 묘(무덤) 자리를 정하는 문제를 놓고 마을과 마을 간에 갈등과 심한 다툼이 있었는데, 그것이 세월의 흐름 속에서 병정놀이로 전수되어 왔다는 사실에 놀라움을 금치 못했지.

부모님이 선사해 주신 탄생의 축복과 더불어 인연을 맺은 후 줄곧 소꿉놀이 친구와 살아오면서, 서로가 베풀지 못함을 미안해하고 때로는 친구에게 들이닥친 정신적, 신체적 아픔을 치유하기 위해 물심양면으로 기꺼이 도우며 살아가는 따사한 삶에 고마움을 내려놓을 수 없다네.

자녀 결혼과 손자 손녀를 맞이하는 소식을 나누는 연령대를 걸어가고 있지만, 누구랄 것 없이 나서서 친구를 걱정해 주고, 맛있는 음식을 함께하는 날이면 참석하지 못하는 친구에게 화중지병이지만 맛 사랑과 친구 사랑을 전하고 때로는 모임 일정을 며칠 조정해서라도 자리를 함께 하려는 소꿉놀이 친구들의 따뜻하고 맑은 사랑이 있어 그저 행복하다.

소꿉놀이 친구와 함께 만들어 놓은 소중한 추억이 있는 한 우리는 외롭지 않을 것이며, 넉넉한 행복함은 늘 우리 곁에 함께할 것이다.

•

# 마음속 영웅

어머니의 목소리가 여느 때보다 밝았다.

전화 통화를 하면서 어머니의 음성이 이렇게 밝은 것도 참으로 오랜만이다.

아버지는 허리 통증으로 고생해 오셨는데, 자식들이 나서서 수술을 권유했지만 알았다고 대답만 하고 계속 미루셨다. 그런데 최근에 염증 부위의 통증이 심해져 비로소 수술을 받았다.

수술은 말끔하게 잘 되었다.

통증과 고통의 굴레에서 벗어난 아버지의 밝은 모습에, 그동안 걱정으로 잠 못 이루시던 어머니도 이제 한시름 놓으신 듯 전화 음성에 밝은 기운이 함께했다.

어머니는 통화 속에서 아버지 병환과 수술 때문에 졌었던 심경을 담아 "야들아, 너희들 그동안 고생이 많았다", "네 애비가 진작 자식들 말을 들었다면 이렇게까지 고생하지 않았을 텐데", "다 너희들 덕분이다""투표장에도 혼자 다녀오실 정도로 좋아졌으니 이제는 걱정 말아라"하시며 자식을 차분히 안심시켰다.

아버지의 병환이 하루 빨리 회복되길 기원하며 그간 잠시 잊고 지냈던 아버지의 존재에 대한 나의 생각을 조용히 되새겨 보았다.

친구들과 어울리는 자리에서 아버지에 대해 언급할 기회가 주어지면 내가 빠뜨리지 않는 표현이 있다. 그것은 다름 아닌 "아버지는 내 마음속의 영웅이다"라는 표현 그것이다. 그 생각은 지금도 변함없고 앞으로도 그럴 것이다.

사전적 의미의 '영웅'은 그 사람의 업적이 사회적 영역에 큰 영향을 미치고 그 가치가 현재를 벗어나 영원히 존속될 수 있거나 또는 지도자로서 백성과 세상을 이끌어 나갈 수 있는 지혜와 용기를 가지고 공적을 이뤘던 인물을 일컫는다.

하지만 '영웅'의 사전적 의미와 상관없이 아버지를 내 마음속의 영웅으로 간직하고 싶은 심정 이면에는 어려웠던 시대적 환경과 열악한 집안의 형편 속에서 아버지가 지향해 오신 삶의 자취와 역할에 대해 존경할 수밖에 없는 사실들이 얽혀 있기 때문이다.

아버지의 꿈은 대학에 진학해서 어려운 농촌에 새로운 희망을 마련하는 것이었고 이를 위해 학업에 전념하셨다. 그러나 고등학교 3학년 시절에 집안의 기둥이셨던 당신의 아버지께서 갑작스럽게 돌아가셨고 이는 결과적으로 당신이 대학에 대한 꿈을 접어야 하는 계기로 연결되었다. 가문의 종손이고 집안의 장남인 아버지가 택해야 할 것은 당연히 진학이 아니라 지금 당장 시급한 장남의 역할 그것이었다.

1960년대 초, 당시만 하더라도 종손인 장남이 집안의 모든 것을 챙기고 책임지는 것은 의무였고 아버지에게는 선택의 여지가 없었다.

이런 연유로 대학 진학 대신 집안 종손의 길을 선택하신 아버지의 인생은 농촌의 테두리 안에서 시작되었다.

집안의 어르신을 평온히 봉양하셨고, 많은 동생의 뒷바라지는 물론 혼례와 새살림을 마련하는 것 또한 아버지의 몫이었다. 그리고 혹독한 시집살이 속에서 아버지의 삶에 닥친 어려움과 고난을 극복하는데 있어 함께한 어머니의 지혜로운 뒷받침은, 아버지가 의지를 잃지 않고 앞으로 나아갈 수 있는 힘의 원천이었다.

1970년대 초, 아버지는 새마을지도자로 임명되어 시대적 사명감을 바탕으로 국가 재건 정책과 병행하여, 농촌의 가난을 극복하고 희망적인 농촌 환경을 마련하기 위해 주도적인 역할을 하셨다.

그리고 마을 청년들의 의지를 결속시키고 그들과 함께 마을 사람들이 새롭게 눈을 뜨고 시대와 호흡할 수 있도록 교육은 물론 계몽 활동을 지속적으로 추진했다. 현재 유지하고 있는 마을 전경은 그 시절에 마련된 작품이고 마을 사람들은 모든 것이 아버지의 희생과 역할이 있었기에 가능했다며, 결코 잊어서는 안 될 인물로 평가해 왔다.

어머니는 우리 형제를 훈육하실 때 무엇을 어떻게 하라는 것보다 간단하게 "너희들은 더도 말고 아버지를 닮도록 노력하라"고 언급하셨다. 아버지의 언행을 평소에 보고 듣고 배우고 그것을 실천한다면 더 이상 가르칠 것도, 나무랄 것도 없다는 뜻으로 해석하고 어머니 말씀을 가슴속에 간직하고 살아왔다.

고향에 들릴 때마다 간혹 아버지의 품성과 인성 그리고 과거의 역할에 대해 조용히 들려준 어머니의 말씀은 세월 속에서 아버지를 마음속 영웅으로 모시는데 결정적인 몫을 했다.

오늘날 내가 누리고 있는 모든 것에 대해 그 어떤 것도 가벼이 생각하지 않고, 지금의 평온함과 풍족함에는 고난과 역경의 시대에 오로지 자식들의 세상은, 미래의 세대는 같은 불행을 안겨줄 수 없다는 일념으로 생을 펼쳐오신 아버지의 숨결과 울림이 함께 하고 있음을 세기며, 맑은 삶을 살아갈 것을 다짐해 본다.

아버지가 늘 내 마음속에 소중한 영웅으로 자리 잡고 있는 한 나의 정체성은 언제 어디서라도 빛날 것이며, 아버지가 늘 내 마음속에 자랑스러운 영웅으로 자리잡고 있는 한 나의 마음에는 늘 희생과 도전이 공존할 것이다.

아버지는 늘 내 마음속에 소중하고 감사한 영웅이시다.

•

# 교정(校庭)의 숨결

해 질 무렵, 나는 졸업한 지 수십 년이 지난 초등학교 교정을 둘러보았다.

마을 입구에 자리 잡고 있는 초등학교는 내가 세상에 태어나 배움이 시작된 곳, 친구 사귀는 기쁨을 맛보기 시작한 곳, 가르침과 배움의 조화를 익힌 곳, 선생님의 존재로 인해 내 자신의 소중한 꿈을 그리고 장래의 희망을 어렴풋이 머릿속에 그려보기 시작했던 곳으로 마음속에 각인되어 있다.

학교 운동장 구석편에 자리 잡은 철봉대가 눈에 띄었다. 교장 선생님이 멀리서 지켜보는 것도 모르고 마치 광대가 묘기를 부리듯 철봉 위를 걷다가 중심을 잃으면서 떨어졌는데, 놀란 나머지 단걸음에 달려오신 교장 선생님을 뵙고도 당황스럽고 부끄러워 "감사 합니다"라는 마음 표현도 잊은 채 줄행랑쳤던 장면이 머릿속을 스친다.

해마다 진행하는 가을 운동회, 이날은 농번기에 지친 어르신들이 운동회를 핑계 삼아 하루 쉬는 날이기도 했다. 운동장 모퉁이에는 어김없이 가마솥에 시래기를 듬뿍 넣고 육개장을 요리해서 파는 가설 식당이 들어섰다. 어른들은 자녀들과 모처럼 육개장으로 점심 식사를 하면서 짧지만 알찬 시간에 만족해하시던 그때의 정겨운 풍경이 아른거린다.

3학년 교실 앞을 지나는데, 그 옛날 무척 예쁘고 자상하셨던 담임 선생님의 얼굴이 떠올랐다.

우리 마을에 가족 살림을 꾸렸던 선생님은 반 어린이들을 매달 두세 명씩 집으로 초대해서 맛있는 음식도 챙겨 주시고, 장래의 꿈에 관한 이야기를 많이 들려주셨다. 어쩌면 지금의 삶을 꾸려 올 수 있었던 그 힘의 원천이 선생님과의 만남이었다고 생각한다.

외롭게 방치되어 있는 녹슨 농구 골대를 지켜보면서, 5학년 당시 교내 농구팀을 구성해서 수업이 끝나면 별도의 시간을 내어 연습을 시키고 군 단위 대회에 참가하는 등 누구보다 열정적이고 도전적이었던 선생님, 안동이 고향이셨던 그 선생님의 모습이 그립다.

소나무로 우거져 사계절 변함없이 짙은 솔향기를 풍기는 학교 뒷산, 그곳을 바라보면서 나는 읍내에서 이 학교로 부임하셨던 여(女) 선생님의 모습을 떠올린다.

항상 점심시간이 되면 선생님은 도시락을 드신 후 곧장 뒷산의 숲속으로 들어가셨다가 점심시간이 끝날 무렵에야 내려오셨다.

반복되는 선생님의 일상 행동에 아이들은 관심이 많았고 무슨 일일까 궁금하기도 했다 그러기를 반년이 지났을까, 하루는 선생님의 안색이 몹시 상하신 듯한 모습을 목격했다.

선생님에 대해 학교 내에 무성했던 소문의 진실은 이러했다.

매일 뒷산을 출입하신 것은 선생님이 점심시간에 짬을 내서 암으로 투병 생활을 하고 계시는 어머니의 쾌유를 기원하는 시간을 보낸 것이다. 효심으로 가득한 기도에도 불구하고 선생님의 모친은 다른 세상으로 가셨고, 이에 충격을 받은 선생님은 교편을 내려놓았다.

몸소 실천으로 효를 일깨워 주셨던 선생님은 지금은 어디에 계실까?

뵙고 싶어도 뵐 수 없고 오로지 그 시절에 대한 희미한 상상만으로 선생님과 무언의 대화를 나누고, 그리움만으로 만족해야 하는 이 순간은 추억에 대한 또 하나의 값진 향연이 아닐까?

•

# 결혼식장

오늘 서울에서 가까운 집안 여동생의 혼례식이 있었다.

서울 태생인 신랑과는 같은 교회의 교우 관계로 만나 몇 년간 교제해오다가 오늘 드디어 혼례를 치르게 되었다고 한다. 고향에 계시는 아버지께서 당연히 참석해야 할 자리지만 심해진 병세 때문에 아버지의 자리를 아들인 내가 대신하게 되었다.

나는 여동생을 어릴 적에 종종 보았지만 집안이 서로 떨어져서 살아 시간을 내서 볼수 있는 별도의 기회가 없었다. 그동안 잊고 지냈던 동생이 어떤 모습으로 변했을지 궁금했다. 그리고 결혼식장에 참석하기 위해 관광버스를 이용해 오시는 친지 분들을 뵐 수 있다는 기대감과 함께 오전부터 나는 분주하게 움직였다.

토요일 오후면 서울 도심의 교통 상황은 계절 구분 없이 늘 최악의 상태라는 것을 알고 있기에 충분히 여유를 가지고 집을 나섰다.

시간을 넉넉히 잡고 출발했는데도 결혼식장의 주차시설이 충분하지 않아 헤매다가 가까스로 예식장에 도착했다.

결혼식장 입구에 들어서자 고향에서 올라온 전세 관광버스가 눈에 들어왔다. 예식장에는 곱게 단장한 신부(여동생)가 웨딩마치를 준비하고 있었다.

혼주인 5촌 당숙께 축하 인사를 건네고 주변을 살펴보니 친지 분들과 고향 어르신들의 모습이 눈에 띄었다. 미리 도착해서 고향 어르신께 예의를 제대로 갖추겠다는 내 생각은 산산조각이 나고 간단한 목례로 빈약한 예를 갖췄다.

고향 어르신들의 모습을 대하면서 인간이 막을 수 없는 것 중의 하나가 세월의 흐름이라는 것을 통감할 수 있었다. 어르신을 곧장 알아뵙지 못해 머뭇거리는 실례를 범하고 묘한 어색함을 느끼면서 혹 내 자신이 객지 생활을 하면서 고향에 대한 마음가짐이 소홀해지고 있는 것은 아닌지 짚어보게 되었다.

사회자의 안내에 따라 결혼식이 진행되는 동안 나는 하염없이 눈물을 흘리는 아재(신부의 백부)의 모습을 보았다.

오늘처럼 좋은 날에 왜 눈물을 흘리는 것일까?

곰곰이 생각하는 가운데 뇌리를 스쳐가는 한 분의 얼굴이 떠올랐다. 다름 아닌 아재의 어머니(종조모)였다.

종조모는 아주 총기가 뛰어나신 분이었는데, 아주 오래전에 안방 높은 곳에 보관하고 있던 물건을 찾기 위해 의자 위를 오르시다 낙상사고로 허리부위에 심한 장해를 입었다. 그 당시에는 지방의료 환경이 열악한 상황이었다. 환자의 회복을 위해 자식들의 갖은 노력에도 불구하고 긍정적인 결과는 찾아오지 않았다.

치료만 잘 되었더라면, 힘든 과거를 보상받지는 못하더라도 최소한 남부럽지 않게 가족을 이끌어 갈 수 있었을 텐데, 전신 마비로 수십 년을 병상에 누워 계시다가 결국 명을 달리하셨다.

혹자는 사람이 살면서 돌아가신 부모가 가장 그리울 때가 집안의 경사스러운 날과 세상살이 속에서 아주 힘든 날이라 했는데, 아재에게도 오늘이 그런 날이 아닐까 생각된다.

예식 후 진행되는 뒤풀이 장소, 고향에서 올라오신 어르신들을 일일이 찾아뵙고 근황을 여쭙고 마음의 안부를 나누었다. 음식을 드시면서 고향의 소식을 듬성듬성 들려주셨는데, 마을 구성원의 고령화 문제와 더불어 표출되고 있는 시골의 황폐화 문제에 대해 많은 걱정을 하고 계셨다.

짧은 시간이었지만 가족과 친지의 경조사가 행해지는 자리에 대해 나는 새로운 생각을 갖는 계기가 되었다.

하루 24시간이 부족할 정도로 시간의 블랙홀에 빠져 허덕이는 내 자신의 정체성을 확인하고 느낄 수 있는 곳, 타향살이를 하고 있지만 나를 위해 걱정해 주는 어르신들의 맘이 끊임없이 이어지고 있음을 느낄 수 있는 곳, 그래서 세상 살면서 소중한 것이 무엇이며 잊지 말아야 할 가치가 무엇인지 새기게 되는 곳, 그곳이 바로 집안의 경조사가 행해지는 곳이라는 것을 이제야 비로소 깨닫게 되었다.

늦었지만 다행스럽다.

다음 달 고향에서 있을 4촌 동생의 결혼식 날이 기다려진다.

•

# 장남

친구들과 이야기를 나누는 자리에서 집안 얘기가 오가면 내가 빠뜨리지 않는 내용 중의 하나가, 고향에서 장남으로 살아가는 형에 대한 이야기이다.

집안의 크고 작은 집안일을 이끌어 가고 처리해 나가는 능력에 그리고 윗대 어른을 모시는 넓고 깊은 마인드에 대해 항상 놀라움과 존경심을 내려놓을 수 없다.

형을 대할 때마다, 내 마음에는 형에 대한 강한 믿음과 존경심이 자리했고, 깊이 있고 중후한 형의 언행 그 자체를 배우기 위해 나름 노력해 왔지만 결론은 불가능 그것이었다.

집안의 장남은 타고나는 것일까, 아니면 만들어지는 것일까?

방송국 기자 출신이자 문학 작가로 알려져 있는 어느 선생님이 출판한 『대한민국에서 장남으로 살아가기』 수필을 읽으면서 나는 형에 대해 더 깊은 생각과 새로운 인식을 했다.

작가는 4형제 중 장남으로 태어나 형제들을 보살피는 장남이기 때문에 감내할 수밖에 없었던 상황과 일, 솟구치는 서러움과 분통도 꾹 참아야 했던 심리적 상황을 저서에 잘 묘사하고 있다.

또한 우리나라에서 집안의 장남이 자신도 모르게 아버지의 위치를 배우고 장남이 갖춰야 하는 정신적인 색채, 즉 장남 정신을 작가의 독특한 신념과 함께 언급하고 있다.

'장남정신'이란 어떤 일을 하더라도 반드시 본인이 주도적으로 이끌어 가야하고 이를 위해 앞서 고민하고 행동하는 솔선수범을 통해 아랫사람을 다스리되 역경 속에서는 모든 것을 책임질 줄 아는 정신이라고 강조했다.

수필을 통해서 우리 집안의 장남으로 걸어온 형의 인생길, 젊은 시절에 누구에게나 관심이 있는 황금빛 상상을 내려놓고 장남의 위치를 다져가야 했던 형의 그 길, 때로는 고달프고 지칠 수밖에 없는 무거운 삶이었지만 가슴으로 이해하고 부딪치는 충격을 둥글고 지혜롭게 헤쳐 나가는 형은 내게는 진정한 위인이다.

지금에야 깨달았지만, 장남으로서 살아가는 형이 살아오는 과정과 환경 그리고 마인드는 특별함이 있었다.

형은 어릴 때부터 아버지가 참석하는 시제(가을 추수 후 조상 산소를 찾아 준비한 음식을 차려 놓고 지내는 제사)에 항상 동행했고 최근 들어서는 시대적 흐름에 적합한 시제 진행에 대해 남다른 고민을 했다.

형은 풍족함을 추구하거나 그것을 위해 나서거나 집착하는 것보다 항상 동생들과 주변의 타인에 대해 베푸는 것에 익숙하였고 집안과 관련되는 일에는 관심이 남달랐다.

형은 일상에서 일어나는 크고 작은 일들에 대해서 가능한 한 주변의 도움을 받지 않고 혼자 해결하는 것에 아주 익숙해 있다. 동생들과 서로 논의해서 모든 일을 쉽게 할 수도 있지만, 장남이 감수해야 할 것을 아우들에게 안겨주는 것 자체를 허용하지 않는다.

동생들이 삶의 경쟁 속에 허덕이고 의기소침할 때마다 형은, "직장은 가정을 꾸려가는 데 있어 소중한 도구인 것은 분명하지만 이것을 입신양명을 위한 경쟁 장소로 생각하는 순간 실패는 곧장 찾아올 것이며, 직장 생활에 대한 흥미 또한 사라지고 직장 생활이 생지옥과 같은 영역이 될 것"이라 강조했다.

또한 직장 생활하면서 제일 중요한 것은 대인관계를 원만히 그리고 넓게 펼쳐가는 것인데, 내가 먼저 손해 보겠다는 생각과 행동 그리고 자신에게 주어지는 이익에 절대 서두르지 않는 인간성을 유지한다면 사회생활에 있어 대인관계는 반드시 성공할 것이라며 동생들에게 넉넉한 힘을 실어 주었다.

형의 완숙한 언행은, 타고난 본성도 있겠지만 어린 시절부터 약간은 동생들과는 차별화된 양육과 훈육의 과정을 거쳤고 이를 통해 장남의 마인드가 내재화되었을 것으로 생각한다. 그리고 주어진 집안의 일들을 남다른 격으로 자연스럽게 해결하는 모습 이면에는 너무나 힘든 과정과 세월이 숨겨져 있기에 그리고 지금도 그 고통이 함께하고 있기에, 이것이 곧 장남이 당연히 존경받아야 할 이유 아닐까?

올 추석에는 형이 주관하여 모처럼 가족들이 함께하는 자리가 마련되었다.

숨기려하지만 피로함으로 가득한 형의 모습에 나는 당황했고 집안의 장남으로서 살아오면서 간직해 온 책임감, 장남의 위치에 항상 함께하는 묵직한 외로움 그리고 넉넉한 침묵, 이런 모든 것이 형의 지친 모습을 낳았다는 생각을 떨칠 수 없다.

사회적으로 대가족의 구조가 소가족 구조로 전환되고 소가족은 다시 개인 그자체로 분화되고 있다. 어쩌면 집안의 가계도 유지에 고민해야하는, 인간 사회의 붕괴위험성을 고민해야 하는 시점에 서 있는 것은 아닌지 염려스럽다.

우리 사회에 장남의 위치가 존재하는 것은, 가족관계를 바탕으로 인간 세상이 번창하고 있음을 상징하는 것인데, 사람들이 가족관계조차 무관심하거나 가벼이 여기면 결국 세상은 머지않아 사람이 중심이 되는 사회가 아니라 사람이 사람 아닌 것에 종속되어 살아야 하는, 즉 인간관계가 함몰될 수도 있겠다는 위기감을 떨칠 수 없다.

장남의 문화가 존재하는 것은 우리 사회가 인간이 주인이 되고 중심이 되어 세상을 잘 이끌어 가고 있음을 입증하는 징표가 아닐까?

장남의 문화에 대해 새롭고 실질적인 확산을 기대하고 그것을 위해 노력하는 것은 인간이 종족의 미래를 제대로 아끼고 사랑하는 그리고 양심적인 움직임 아닐까?

최소한 인간이 인간에 이기적이지 않은, 장남으로 살아가는 형을 오늘도 힘차게 응원한다.

•

# 고향

고향이라는 낱말은 그저 듣기만 해도 마치 사랑하는 연인을 기다리는 듯 큰 설렘이 있고, 추운 한겨울에 조용히 찾아드는 따스한 햇볕을 온몸으로 받아들이는 듯 포근함이 있고, 갑자기 풍족한 물질을 얻은 듯 마음을 여유롭게 만든다.

고향은 설렘과 그리움이 함께하는 마음속 교차로이기에 모임에서 빼놓을 수 없는 약방의 감초와 같은 것이고, 힘든 현실이 나를 압박하고 핍박할수록 그것에 맞설 수 있는 용기를마련해 주는 마력을 지니고 있다고 믿는다.

삶의 힘든 여정 속에 가끔 찾게 되는 고향은 현실에 지친 내게 좌절을 이겨내고 보다 단단하고 확실한 삶에 도전할 수 있는 새로운 동력을 안겨주었다.

고향은 내가 세상에 태어나 가족과 이웃으로부터 많은 사랑과 보살핌을 받았던 곳이고 또한 내 자신의 삶에 마련된 이정표의 첫 출발점이기도 하다.

이곳에서 혈육의 소중함을 익히고 희로애락을 함께하는 가족 구성원의 한 사람으로서 절대 가볍게 생각해서는 안 될 소중한 관계성을 익혔다. 또한 또래 친구들과 어울려 미래의 꿈과 희망을 나누며 누구도 끊을 수 없는 끈끈한 우정의 끈을 마련한 곳이다. 그래서 고향은 우리가 세상에 살아 숨 쉬고 있는 한, 때로는 충분히 아름다운 웃음을, 때로는 회환의 눈물을 안겨주는 곳으로 남아 있을 것이다.

세월의 흐름에 편승한 사회적 환경의 변화로 인해 고향에 대한 의미도, 고향에 대한 해석도 달라지고 있다. 고향에 집착하는 정도가 변할 수밖에 없지만 그래도 전쟁 후 근대사를 거친 연령대라면 고향에 대한 생각과 정서의 공통분모는 비슷할 것이다.

고향은 험한 세상을 살아가는 데 있어 의지와 용기를 안겨주는 힘의 근원지이다.

그곳에는 늘 자식을 보살피며 고생하신 부모님의 사랑과 희생이 담긴 마음의 화폭이 남겨져 있고, 그것에 대한 그리움과 감사함이 마음속에 공존하고 있었기에 험난한 삶의 여정에서 우뚝 설 수 있었다.

고향은 자식을 위한 부모님의 사랑과 소박한 소망의 숨결이 깃든 곳이기도 하다.

부모님은, 자식만은 가난에서 벗어나야 한다는 절실한 생각으로 당신들의 희생도 기꺼이 감수하셨고, 내 자식 만큼은 타인에게 손가락질 받지 않고 정직하게 살 것이라 믿으며 일상을 꾸려 오셨다.

부모님의 그런 숨결이 고향에 머물고 있기 때문일까?

고향은 삶의 과정 속에 부모님의 소망과는 달리 비겁한 마음으로 현실을 벗어나려 할 때 어김없이 내 자신을 질책하였고, 불의를 정의로 치장하는 것에 주저하지 않고 항의할 수 있는 용기를 안겨주었다.

그 옛날 버스가 지나치면 온통 먼지투성이 되었던 고향의 신작로 전경을 시인이 노래하는 것은, 도심지에 나가 있는 자식을 애타게 기다리는 부모님의 사랑이 고향의 가로수와 함께 호흡하고 있음을 잘 알고 있기 때문일 것이며, 그곳에는 삶의 위협 요소를 걷어내는 힘이 공존함을 믿기 때문일 것이다.

나이가 들수록 고향을 자주 생각하고 찾게 되는 것은 고향에 계시던 부모님이 세상을 떠나셨거나 아니면 그런 흐름으로 가고 있기 때문일 것이다. 어쩌면 시간이 흐를수록 고향을 노래할 인걸은 점점 사라지고 언젠가는 추억만이 남을 것이라는 착잡함과 초조함이 마음속에 자리하고 있다는 징후일 수도 있다.

고향은, 때로는 따뜻한 정과 함께하는 정서적인 친구로, 때로는 세상을 바르게 살아가도록 채찍질하는 부모님으로, 때로는 유혹 앞에서 바르게 사는 것의 편함을 일깨워주는 스승으로, 내 마음속에 함께 하기에 오늘도 외롭지 않다.

•

# 짙어가는 외로움

부모님의 모습을 대할 때마다 세월의 흐름을 절실하게 느낀다. 아무리 세월이 흘러도 부모님만큼은 변함없이 정정하리라 생각하는 것이 나의 지나친 욕심이었고 착한 희망이라는 것을 이제야 깨닫기 시작했다.

해가 지나갈수록 점점 작은 모습으로 변해가는 부모님을 대할 때면 내 마음에는 서러움이 찾아든다. 부모님이 걸어오신 인생이 너무나 버거운 것이었음을 우리 형제들은 성장 과정에서 지켜봐 왔기 때문일 것이다.

아버님은 집안의 장남이자 장손으로서 그리고 어머님은 그런 위치에 있는 남편을 뒷받침하고 집안의 대소사를 챙기는 역할을 해오셨다. 장손이 그리고 맏며느리가 그렇게 살아가는 것이 당연한 이치로 여겨졌던 시대라 힘든 심정을 누구에게 하소연하거나 내색 한 번 못하고 살아오신 두 분의 삶이 어떠하였을지 눈에 선하다.

막막했던 세월의 터널을 벗어나 이제는 그동안 가슴에 쌓인 근심과

짐들은 말끔히 내려놓고 평상시 자식들과 함께 하고 싶었던 것들을 마음껏 펼치실 수 있으면 좋겠는데, 삶의 억눌림 속에 참고 지냈던 병마가 하나둘 나타나 그것조차도 가로막고 있다.

병마와 싸우고 계시는 부모님에게는 아직 멀쩡하고 건장한 아들과 딸, 며느리, 사위가 있어 마음에 작은 위로는 될 수 있겠지만, 시간이 갈수록 점점 약해지고 그렇게 곧은 삶을 살기를 바라며 훈계하시던 부모님의 당당한 목소리를 이제는 기대하기 어려우니 가슴아프다.

사촌 동생의 결혼식이 가까운 장소에서 있었다. 기분 전환도 하실 겸 결혼식장에 함께 가실 것을 권유했지만 부모님은 혹시 불편한 몸으로 결혼식장에 가면 하객들이 불편할 수 있다는 염려와 맑은 이유로 거절하셨다.

결혼식이 끝나자마자 우리 형제는 부모님 점심을 차려 드리기 위해 곧장 고향 집으로 갔다. 늦은 점심에 며느리들이 어찌할 줄 몰라 하자 어머님은 "얘들아, 아침을 늦게 먹어서인지 시장한 줄 모르겠다. 서둘지 말고 있는 반찬에 간단히 먹도록 준비해라"하고 말씀하셨다. 어머님의 넓은 마음에서 울리는 한마디에서 그동안 장손 집안의 며느리로 살아오면서 자연스럽게 몸에 밴 삶의 무게를 온전히 느낄 수 있었다.

최근 들어서 부모님이 전화를 자주 하신다.

손자 손녀 안부, 마을 이야기, 며느리 건강에 대한 걱정, 조카들의 취업 소식 등이 주된 통화 내용이다.

때로는 TV 뉴스를 보다가 아들이 다니는 직장 이야기가 방송되니 걱정되어 전화를 하신다. 회사가 어렵다는데 괜찮은 것인지, 뉴스에 나온 이야기가 무슨 이야기인 지, 지금도 하고 있는 협상 문제는 해결 안 되고 있는지 등 많은 이야기를 하셨다.

전화를 끊기 전에 아버님은 손자 손녀 안부를 물으시고 그리고 아들인 내게는 아무리 힘들어도 직장 생활을 하면서 윗사람에게 신뢰를 잃지 말 것을, 그리고 건강 잘 챙길 것을 주문하셨다.

여느 때와 달리 잦아지는 부모님의 통화, 형을 통해 그 연유를 알게 되었다. 그것은 부모님의 외로움이고 자식에 대한 그리움이었다.

부모님과 전화 통화를 할 때마다, 자식이 먼저 부모님께 안부 전화를 드리지 못한 소홀함을 자책하고 반성했는데, 사실은 그것이 아니고 부모의 외로움과 자식에 대한 그리움의 정도가 점점 깊어지고 있다는 신호였던 것이다.

혹독한 삶의 환경 속에서 오로지 자식에 대한 사랑 하나만으로 살아가는 부모님을 뵐 때면 자식들은, 열심히 공부해서 원하는 대학에 들어가고, 안전한 직장 구해서 돈 많이 벌어 부모께 좋은 음식, 좋은 옷 안겨드리도록 노력할 것을 다짐했고 그것이 최고의 효도라 생각했다. 너무나 단순한 생각일지 몰라도 나 또한 그런 생각의 테두리 내에서 살아왔고 최근까지 그런 고민을 했다.

하지만 나는 최근 들어 부모님의 외로운 마음, 그리움의 표출을 인지한 후로 생각을 달리하기로 했다. 삶이 풍족해지면 부모를 잘 봉양하겠다는 생각 즉 조건이 갖춰지면 효를 행하겠다는 생각이 얼마나 부질없고 이기적인지 절실히 깨달았기에 그런 생각 자체를 당장 버리기로 했다.

부모님은 더 이상 자식의 입신양명을 기다릴 수 없는 삶의 끝자락에 서 있고, 자식의 목소리를 한 번이라도 더 듣고 싶은 외로움, 한 번이라도 더 자식의 얼굴을 마주하고 앉아서 신체발부 어느 한부분도 만져 보고 싶은 그리움에 쌓여 있는 것이다.

물질적인 봉양보다 자식들의 따뜻한 마음의 봉양이 필요하고 세월이 흐를수록 자식의 따뜻한 목소리와 체온은 최고의 선물이 될 것이 분명하다.

이런 줄 모르고 소화도 하기 어려운 비싼 소고기를, 조작하기도 어려운 휠체어를, 쓸 일도 없는 용돈을, 지금 사는 집이 익숙하고 편한데 새로운 집 장만을 고민하고 있으니, 나는 엉터리 자식임이 틀림없다.

늘 자식들에게 베푸는 것에만 익숙하셨고 자식으로부터 받는다는 것 자체를 원하지도 생각조차도 해보신 적이 없는 부모님, 지금 이 순간이 쓸쓸하고 외로워도 이런 감정을 노출하는 자체가 자식에게는 마음에 짐이 될까 걱정하여 그것조차 숨기실 것 같아 두렵다.

살아오신 날보다 이제는 살아가실 날이 짧은 부모님, 이제는 하고 싶은 이야기를 가슴에 묻어 두지 마시고 자식들에게 털어놓아 지난 세월 속에 까맣게 멍들었던 가슴이 치유되었으면 좋겠다.

마음대로 움직일 수 없는 몸으로 일상을 살아가시는 부모님, 과거에 남겨 놓은 눈물겨운 사연들은 이제는 회상조차 하지 마시고 오로지 밝고 좋은 것으로만 마음을 채우셨으면 좋겠다.

거동이 불편하시어 때로는 잔잔한 눈시울과 더불어 약한 마음을, 허탈한 심정을 드러내는 부모님이 조금만 더 용기 내어 밝은 마음과 더불어 자신에 대한 강한 애착심으로 자식들과 함께하면 좋겠다.

어머님의 손을 만지고 또 만져 보지만, 살아오신 세월 속의 역경과 고난만큼이나 거칠어진 손마디에 죄스러운 마음을 내려놓을 수 없다.

부모님과 함께해온 세월 속에 부모로부터 받는 것에만 익숙했지 돌려주는 것에 소홀했던 자식이었기에 내 마음은 먹먹할 따름이다.

아버님, 어머님,

당신께서 안겨준 세상 그리고 오로지 자식을 위해 희생하시며 만들어 주신 이 세상, 정말 감사히 살아가겠습니다.

남은 세월만이라도 아프지 마시고 아기 천사의 삶처럼 평온히 살아가소서.

•

# 설 명절

우리나라 고유의 명절은 추석과 설이다.

어릴 때 기억을 되살려 보면, 추석은 먹을 것이 풍족해서 좋았고, 설날은 늘 호통만 치는 줄 알았던 마을어르신들이 그날만큼은 친절하고 후한 덕담을 해주시니 그것이 참 좋았다. 설은 음력으로 새로운 한 해가 시작되는 첫날이고 새로운 해의 첫 명절이라는 의미를 담고있다. 개인적으로는 한 살을 더 먹고 자신의 꿈을 성취하기 위해 첫발을 내딛는 날이고 가정적으로 운수대통의 한 해, 풍요로운 한 해를 기원하는 날이기도 하다.

설날만큼은 차례를 지내고 나서 이웃집과 음식을 나눠 먹고 세배를 나누며 한 해 무탈하고 가가호호 행운이 가득하길 서로가 기원했다. 세시놀이에는 윷놀이, 널뛰기, 연날리기 등이 있는데, 이러한 놀이는 정월 대보름까지 연장하여 즐겼다.

보름 동안 세시풍속을 즐긴다는 것은 지금이야 어느 누구도 이해할 수 없겠지만 농경이 주였던 농촌에서는 그것을 아주 비중 높게 생각했다.

직업군인으로 살면서 설날과 관련된 추억을 이야기할 기회가 있을 때마다 빠뜨리지 않았던 것이 하나 있다. 그것은 다름 아닌 세배 풍속에 대한 이야기였다.

내가 나고 자란 마을은 어릴 때 당시만 해도 많은 세대가 거주하는 규모가 큰 마을이었고, 상하의 위계가 명확하여 인간관계에 질서가 있었다. 성장하면서 경거망동은 생각조차 할 수 없는 분위기가 형성되어 있었다.

설날, 차례가 끝나면 집안별로 그룹을 만들어서 이웃 어르신을 찾아뵙고 세배를 올리는 것이 그 당시의 마을 풍속이었다. 세배를 다니는 것보다 친구들과 뛰어 놀고 싶었지만, 이 날만큼은 어른들을 따라 다니며 착한 아이로 행동했다.

어르신들은 세배를 받으신 후 그동안 아랫사람에게 전하기 위해 준비하셨던 덕담을 건네셨다. 덕담의 내용을 회상해 보면, 정도의 차이는 있겠지만 요즘과 별반 다를 것이 없었다고 생각한다. 덕담은 어른에 대한 공경, 부모에 대한 효행 그리고 열심히 공부하는 것이 주된 내용이었다.

1980년대 이후 대가족 사회가 소가족 사회로 전환되면서 세배 풍속도 점점 사라지기 시작했고, 최근에는 마을 어르신께 세배 다니는 모습을 보기조차 힘들어졌다.

농촌(시골)의 환경과 문화도 많이 변화했지만 더욱 중요한 것은 각박하고 개인주의 성향이 짙은 도시 문화가 확산되면서 세시 풍속과 같은 전통적인 문화가 그 흐름에 서서히 잠식당했다는 사실이다. 그래서 지금은 우리의 정체성 중 큰 몫을 차지하는 정신적인 측면을 위협하고 있다.

1990년대 초, 설날에 고향 친구들과 마음을 모아 옛날 어른들이 몸소 해온 것처럼 연세 많은 어르신이 계시는 집을 방문해서 세배를 하고 안부도 전하기로 결정했다. 다들 결혼을 해서 가정을 이루고 있기에 같이 움직인다는 것이 쉽지 않았지만 친구들 대부분이 동의하고 동참했다.

어르신들의 입지가 점점 약화되고 정신이 물질에 종속되는 시대의 흐름 속에 용기를 내서 추진해 보는 "찾아가는 세배"가 부담스럽고 어색했지만, 막상 어르신을 찾아뵙자 너무 반갑게 반겨 주시고 심지어 눈물까지 보이셨다. 마을에 젊은이들이 나서서 사라져가는 세시 풍속을 지키려고 애써 실천하는 것이 너무 고맙고 세월 속에 인간적인 것이 하나둘 사라지는 것이 허망하다는 심정을 토로하셨다.

세배를 드리고 무릎을 꿇고 있으면 어르신은 편히 앉으라고 권하셨고, 어느 집 손자인지 일일이 물으시고 집안 어르신들에 대한 안부와 더불어 옛날이야기를 들려주셨다. 이 마을이 처음 형성된 시기, 6糯피난 시절의 숨겨진 비화, 지역의 유명 인사에 관한 이야기 등 우리가 모르고 지냈던 가치 있는 이야기를 들을 수 있었다.

세배를 올린 후 준비한 음복이 나오면 손수 술잔을 건네시며 덕담을 들려 주셨다.

각자의 재물 복은 타고나는 것이니 객지 생활을 하면서 재물에 지나친 욕심을 부리면 가장 중요한 친구도, 형제도, 가족도 잃을 수 있음을 일러 주셨다.

세상이 아무리 변해도 사람이 간직해야 하는 것은 다름 아닌 자신에게 생명을 주신 부모님 은혜를 잊지 않는 것이다. 이를 소중하게 인식하고 몸소 실천하는 사람은 타인에게 호감의 대상이 되고 주변의 사람들이 저절로 찾아들 것이며 자식의 이런 삶은 부모의 간절한 바람이라 하셨다.

삶이 편리하고 풍성해진 것만큼 사람과 사람 사이의 오고 가는 마음 또한 풍요롭고 인성이 넘치는 일상을 기대하였건만 이와는 반대로 세상에 인간의 인성이 과연 존재하는지 의심스러울 정도로 반인륜적이고 비참한 사건들이 늘어나고 있어 상대를 위하는 아름다운 모습이 이기심에 묻혀 버리는 사회적 흐름을 우려하셨다.

현재의 세상이 하늘에서 어느 날 갑자기 뚝 떨어진 것이 아니라 이곳은 선대의 끊임없는 희생과 노력에 의해 마련된 세상임을 건전하게 받아들이고 이 사회가 반드시 지켜내야 할 덕목과 물질적 풍요로움이 새로운 조화를 마련하는 노력이 절실함을 일러주셨다.

많은 시간이 흘렀지만 나는 세배를 다니면서 들었던 이야기를 마음속에 새기고 살아가고 있다. 부모에 대한 은혜를 망각하지 않고 지금 내가 숨 쉬고 있는 세상이 존재하기까지 어르신들의 끊임없는 희생이 있었음을 제대로 인식한다면 모든 가정과 이웃은 아름다움으로, 인정스러움으로 가득 채워질 것이라 확신한다.

우리는 밤새 자고 일어나면 달라지는 세상의 변화에 대한 적응의 정도가 개인의 생존과 직결되는 시대에 살아가고 있다. 세월 속에 삶의 형태와 문화가 바뀌었다고 그 속에 숨 쉬고 있었던 참한 정신(얼)이 사라지는 것을 용납해서는 안 될 것이며, 차분히 그리고 집요하게 그것을 시대에 맞게 재조명하고 연결하는 것이 중요하다. 왜냐하면 그 정신이 변질되고 단절이 되는 순간 인간 세상은 사람이 주인이 아니라 사람이 그 무엇의 수단으로 종속되는 비참한 사회로 그리고 존재로 남겨질 수밖에 없기 때문이다.

인간이 주인인 이 세상이 믿음으로 채워지고 사랑이 넘치는 그런 곳이길 늘 기대하고 있음은 누구도 부정하지 않을 것이다. 하지만 그런 세상은 어느 한쪽의 노력만으로는 마련되지 않을 것이며 상하좌우 구분 없이 통 큰 소통의 틀을 마련하고 함께하는 노력만이 소망을 현실로 만들어 내는 방법일 것이다.

설날 마을 어르신을 찾아뵙고 세배하는 풍속은, 시골에서는 마을 단위로 개방된 울타리 내에서 서로 알고 지내는 생활환경이라 그것이 자연스럽게 접목될 수 있었지만, 아파트가 빽빽하게 들어서고 이웃에 누가 살고 있는지조차도 모른 채 살아가고 있는 도시의 생활 환경에서는 그런 풍속을 기대하는 것이 어려울 수 있다.

하지만 환경과 공간을 떠나 세배 문화가 어른을 우대한다는 상하 관계의 문화가 아니라 가족과 가족이 어울릴 수 있는 수평의 문화로 보완해 나간다면, 이것이 각박한 도시의 삶과 세대 간의 갈등을 빚고 있는 사회적 현실에 신선한 바람을 불어넣는 도구가 될 것이라 믿는다.

앞집에 사시는 가족 분들과 통로에서 인사를 나누는 듯 마는 듯 서먹하게 지내 왔는데, 올 설날에는 직접 찾아뵙고 서로 세배도 하고 덕담도 주고받는 훈훈한 시간을 마련할 것이다.

•

# 마을청년회

고향마을 어귀에 들어서면 마을회관과 경로당이 눈에 들어온다.

최근에 들어 마을에 큰 변화가 있었다면 마을을 위해 많은 역할을 해 왔던 마을청년회가 그 간판을 내려야 할 정도로 심각한 상황에 놓여 있다는 사실이다.

농촌 청년회의 근원은 6.25 동란 이후 국가재건을 위해 미군정을 통해 도입된 4H클럽에서 찾을 수 있다. 4H클럽의 결성은 정부가 농촌 청소년을 통해 사회계몽을 펼치는 것을 목표로 착수한 것으로 농촌지도사업을 추진함에 있어 중요한 구심점이 되었다. 이러한 역사의 흔적은 마을 입구에 있는 네 잎의 클로버 문양이 새겨진 상징물에서 확인할 수 있다.

4H클럽의 정신은 "나는 나의 클럽, 나의 공동체, 나의 나라를 위하여, 나의 머리(Head)는 더 명철하게 생각하는 데, 나의 가슴(Heart)은 더 위대한 자부심을 가지는 데, 나의 손(Hand)은 더 큰 봉사를 하는 데,

나의 건강 (Health)은 더 나은 삶을 마련하는 데 바치기로 맹세 한다"는 선서문에서 알 수 있다.

마을청년회는 20대 및 30대 젊은 청년으로 결성되었고, 1970년대에는 청년회가 전국적으로 추진된 새마을 운동과 연결되어 전쟁의 아픔을 벗어나 희망의 터전을 마련함에 있어 핵심적인 역할을 했다.

우리 마을청년회는 어떤 역할을 했을까?

1. 마을 분위기를 망치는 도박행위를 근절시켰다.

한해 농사를 마무리하고 나면 농촌에는 농한기(11월 말부터 다음해 2월 초)를 맞는다. 한 해 농사에 고생하신 어른들은 휴식을 취하면서 새로운 해를 준비한다. 그러나 일부 어른들은 도박으로 한해 고생해서 마련한 피 같은 수익금을 탕진하고 그것도 모자라 땅을 담보로 도박 자금을 마련하는 등 마을 분위기를 엉망으로 몰고 가는 경우가 종종 있었다. 마을청년회는 이런 분위기가 마을의 건전성을 해치하고 주민들 사이에 불신만을 조장한다는 것을 인식하고 집요한 계몽과 활동으로 이를 일소했다.

2. 도둑으로부터 각 집안의 재산을 지켰다.

60년, 70년대는 가족의 생계를 해결하는 것이 절박하고 중요했던 시대라 마을에 도둑이 들어 곡식(쌀, 보리, 깨 등)을 훔쳐가는 일이 비일비재했다. 때로는 가보 제1호 인 소를 도둑맞는 경우도 있었다. 이런 일이 발생할 때마다 마을 주민들은 불안하였고 마을과 마을 사이에 서로 의심하는 일들이 발생했다. 마을청년회는 이웃청년회와 공동 협력체를 마련하여 합동 순찰을 실시하였고 짧은 기간에 마을의 불안 요소를 없앴다.

3. 마을 어르신을 위해 다양한 행사를 주관했다.

경로 행사는 한 해 세 번(추석, 설, 어버이날)은 정기적으로 진행하고, 그 외에도 마을에 좋은 일이 있거나 주변에 찬조나 지원이 있는 경우 어른을 모시는 행사를 꾸준히 해왔다. 청년회는 행사 하루 전날에는 회원들을 소집하여 행사장에 제공할 음식과 선물, 행사 도중에 발생할 수 있는 안전 문제, 오락 장비 등을 챙기고, 조금이라도 좋은 행사를 치르기 위해 오락 진행 시나리오를 두고 의견을 주고받는다.

이처럼 마을청년회와 회원들이 마을을 위해 펼친 활동은 아주 다양했고, 그들은 진정으로 마을의 든든한 지킴이로서, 농촌의 계몽가로서 그리고 어르신에 대해 효행을 일깨워 주는 길라잡이로서 전혀 손색이 없는 역할을 해왔고 지금도 이와 같은 역할을 유지하려 몸부림치고 있다.

1980년대 중반, 전후 복구에 이어 국가는 공업화 중심의 산업 발전과 함께 성장 일변도의 경제 목표 달성을 추진하였다. 그리고 경제 성장 과정에서 국가가 세밀하게 살피지 못했던 근로자의 잠재적 불만과 민주주의에 대한 열망이 사회적 노동운동과 결합하여 빠르게 확산되어 사회 모든 분야에 걸쳐 인간의 인권보장에 대한 새로운 인식을 이끌어 냈다.

농촌에도 변화의 바람은 불었고 대표적인 것이 이농현상이었다.

경제개발과 함께 늘어나는 직장과 새로운 일자리는 농촌을 지키는 청년들에게 자신들의 꿈을 다시 생각해 볼 수 있는 계기가 되었고, 소중한 꿈을 이루기 위해 청년회원 중에서 도회지로 떠나는 수는 점점 늘어났다.

아무런 준비 없이 사회적 변화에 직격탄을 맞은 마을청년회의 현주소는 구성 자체가 어려울 정도로 연령대가 높아졌고 활동은 제한적인 상태이다.

1970년대 수준은 아니더라도 청년회의 기본적인 기능만이라도 유지하기 위해 많은 분이 노력해 왔지만 사회의 변화와 물질과 이기에 포위된 사회의 흐름은 회복을 허용하지 않았다.

이번 추석에는 과거부터 마을 선배들이 만들어 놓은 마을청년회를 어떻게 하면 다시 활성화할 수 있을 것인가에 대해 논의하는 자리가 마련되었다.

회장은 청년회 기능을 회복하려면 우선 회원을 확보하는 것이 가장 큰 관건인데 전국 각지로 나가 있는 젊은 친구들에게 동참을 호소하는 서신과 메시지를 활용하는 방법을 강구하자는 의견을 냈다.

어느 회원은 지역 단위로 회원 가입대상자를 파악한 후 일차적으로 지역단의 모임을 통해 마을청년회의 어려움을 공유하고 지역단위 책임자를 임명해서 연락체계를 갖추고 점차적으로 참여를 확대해 나가는 방안을 제시했다.

다른 회원은 마을을 중심으로 근거리에 있는 회원들을 독려하여 청년회를 운영해 나가되 타 지역에 나가 있는 회원 대상자들은 추석과 설날을 기준으로 최대한 참여시키는 방안을 제시했다.

많은 토론을 거쳐, 마을 위치를 기준으로 가까이 있는 회원 중심으로 청년회를 운영하고, 지역별로 활동 책임자를 지정하여 한 해 동안은 회원 대상자와 접촉해 마을청년회 상황을 알리고 동참을 이끌어 내는 방안을 마련하였다.

해체 위기에 놓인 마을청년회, 이를 다시 회복하는 것은 농촌 인원의 고령화를 고려할 때 너무나 절실한 것이다.

농촌인구의 고령화에 따라 이를 지원하기 위해 추진하는 지자체의 지원 정책, 귀농을 희망하는 중년 및 장년층을 대상으로 추진하고 있는 정부의 지원정책에 기존 운영되고 있는 마을청년회를 통합하여 새로운 형태의 운영 모델을 마련한다면, 농촌의 고령화에 실질적이고 다양한 케어를 제공할 수 있는 마을 청년회를 기대할 수 있지 않을까?

2

# 가족의 뒤안길

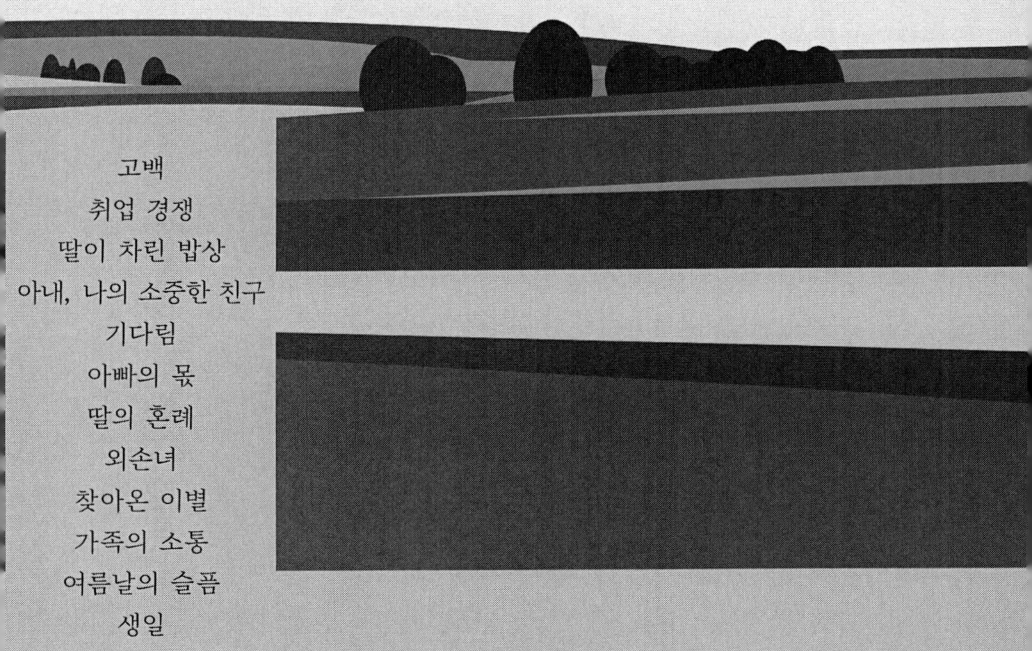

•

# 고백

50대 후반, 이제 아이들이 장성하여 스스로 선택한 사회적 위치에서 나름대로 충실히 살아가고 있다. 가정에 이런 평온한 기틀을 마련하는 데는 누구보다 아내의 역할이 핵심이었고 지금도 그 역할은 계속되고 있다.

지난날 가족에 대한 회상은 항상 나의 가슴을 좁게 만들고 특히 아내에게는 더할 수 없이 미안한 마음을 안겨준다. 지난 일에 대한 평가는 그 시대의 환경과 여건을 고려하고 반영해야 한다지만 오직 업무에만 관심이 있고 가장으로서 해야 할 역할과 의무에 대해서는 관심조차 없는 인간, 어디에서도 호감을 얻을 수 없는 왕고집으로 인생을 낭비하고 아내와 아이들에게 고달픔을 안겨주었던 나는, 아내가 지난날 어둡고 힘들었던 터널을 벗어나 이제는 평온한 나날을 맞이하길 소원하며 고백의 편지를 쓴다.

세월은 흐르는 물과 같다고 했나요?

당신과 백년가약을 맺은 것이 엊그제 같은데 벌써30여 년을 향하고 있네요. 그 많은 세월 동안 나 자신이 당신에게 베푼 것이 무엇이었는지 생각을 더듬어 보지만, 딱히 기억되는 것도 내세울 것도 없어 얼굴이 후끈거리고 가슴이 먹먹하네요.

연애 시절, 서로가 쌓은 신뢰 그것 하나로 가정을 꾸렸고 지금도 그것을 담보로 변함없이 살아가고 있는 당신에게 나는 부도수표 같은 존재였음을 이제야 깨달았고, 남편이라고 하기에도 민망할 정도로 부족해서 부끄럽기 그지없네요.

아껴도 부족한 것이 태반인 생활환경 속에서 가정에 무관심한 남편에 대해 가슴앓이하면서 나날을 보냈을 당신, 그런 환경 속에서도 출근하는 남편을 하나라도 더 챙겨주려 애썼던 당신은 이 세상에 둘도 없는 천사이자 가정의 파수꾼이었어요.

철이 없어도 그렇게 없었을까!

누구나 기대하고 의미를 부여하는 신혼집을 구했는데, 아무리 섬지방의 촌락이지만, 달랑 방 한 칸이라 정말 해도 너무했어요.

먼 거리도 마다하지 않으시고 신혼 살림방을 살피러 오신 장모님은 눈앞에 펼쳐진 상황을 보시고는 기가 막혀 할 말을 잊으셨고, 귀하게 키운 딸이 이런 환경에서 살아갈 것을 생각하니 막막하셨는지 뜬 눈으로 밤을 보냈지요.

초급장교시절, 박봉으로 신혼살림을 제대로 꾸려간다는 것이 녹록하지 않았지요. 설상가상으로 남편이라는 자가 주변인과 어울리기를 너무 좋아하는 탓에 낭비적인 지출을 감당할 수 없었을 텐데, 정말 힘들었을 텐데, 싫은 내색 한 번 없이 그 어려움을 외롭게 극복했다고 생각하니 미안해서 가슴이 먹먹하네요.

군을 삶의 터전으로 살아가는 남편의 직업 특성과 생활환경 속에서, 아들딸을 양육하고 훈육하는 데는 많은 제한사항이 따를 수밖에 없었을 텐데, 모든 것을 지혜롭고 당차게 극복하고 두 녀석을 밝고 정직하게 키웠으니, 여보는 역시 최고의 엄마이자 가족의 영웅과 같은 존재임이 틀림없어요.

융통성이란 찾아볼 수 없고 설상가상으로 오로지 군 업무에 최선을 다하는 것이 삶의 모든 것인 듯, 가정사는 뒤로하는 남편과 긴 세월을 함께 하였으니, 당신의 속이 어떠했을지 이제야 깨닫게 되네요.

힘든 나날을 잘 견디고 살아가면 언젠가는 우리의 보금자리에도, 가족에게도 새롭고 희망적인 미래가 찾아올 것이라 믿고 또 믿었을 당신에게 제대로 희망과 믿음을 선사하지 못한 죗값을 어떻게 치러야 할지 모르겠어요.

간혹 서로 공감하며 나누는 이야기이지만, 군 생활 이십 년 동안에 수십 번의 이사를 했으니 이것은 기네스북에 등재해도 손색이 없을 정도로 특이하고 숨은 눈물이 함께하는 삶의 기록일 것이고 현대판 피난살이였다고 생각해요.

잦은 이사는 아이들에게 정서적인 불안을 안겨주고 특히 학우들과 정이 들만하면 헤어져야만 하는 상황은 아이들에게는 마음의 상처로 남아있으리라 생각해요. 하지만 "어떠한 상황과 환경이 닥치더라도 가족은 항상 함께해야한다"는 가족에 대한 당신의 특별하고 한결같은 철학은, 아이들이 눈 앞에 닥친 환경을 긍정적으로 받아들이는 데 중요한 영향을 미쳤고, 어쩌면 이러한 상황을 겪으면서 가족이 더 단단하게 결속할 수 있는 바탕을 마련했다고 생각해요.

지난날을 복기해 보면, 일상에서 변함없이 지켜온 당신의 가족에 대한 철학은, 새로운 삶을 꾸리는 신혼부부, 가족 간에 갈등을 안고 살아가는 부부에게는 권장해 볼 만한 철학이라 생각해요. 왜냐하면 험난한 생활환경을 함께했던 아이들이 반듯하게 자랐고 지금도 가족에 대한 사랑이 남다르니까요.

남들이 한 번쯤 다녀오는 해외여행도, 남들이 해마다 누리는 여름날 물놀이도 함께 해 보지 못했으니 나라를 나 혼자 지킨다 할지라도 수많은 시간을 그렇게는 보내지 않았을 것인데, 할 말이 없네요.

최소한 아내의 내조가 부족해서 조직 내 경쟁에서 남편인 내가 실패했다는 말을 듣고 싶지 않아, 자신의 잡다한 감정은 뒤로하고 궂은일을 참고 견디며 살아왔으니 그것은 내가 당신에게 갚아야 할 평생의 빚이겠지요. 당신에게 정신적 고통과 정서적 상처를 안겨 준 채무자로서 더 이상 빚과 이자가 늘어나지 않게 성실히 의무를 이행할 거예요.

욕심 없이 늘 타인을 배려하며 착하게 살아가는 것이, 오로지 남편과 두 자식을 위해 열심히 살아가는 것이 죄라고 우기면 어쩔 수 없겠지만, 세상은 야속하게도 건강 검진에서 당신에게 뇌종양 판정을 안겨주었지요.

병을 자랑했기에 아내의 병마에 권위자이신 의사 선생님을 만났고, 내일이면 수술을 받는 날인데, 생사의 갈림길에 놓여 있으면서 전혀 흔들리지 않고, 마치 무엇인가를 확신이라도 한 듯 당신은 이렇게 말했지요.

“우리 가족은 모두가 착하고 정직하게 그리고 남에게 베풀면서 살았기 때문에 세상은 시간이 흐를수록 우리 가족과 같은 사람이 절실하게 필요하기 때문에 신은 나를 버리지 못할 것이며, 착한 두 녀석이 학교를 마칠 때까지는 엄마가 해야 할 일이 남아있기에 결코 나의 바람을 무시하지 않을 것"이라고.

수술을 앞두고 병실에 누워 있는 당신의 모습은 너무나 편안해 보였고 그 편안한 모습이 내게는 숨 막히는 불안감을 안겨주었지요. 당신보다 먼저 수술에 들어간 환자의 수술 결과가 좋지 않다는 소식(수술 후 중환자실에 입원했는데 깨어나지 못하고 있다는 이야기)을 접하고 나는 내일 있을 당신의 수술에 대해 불안함이 몰려들었고 온갖 걱정과 함께 뜬 눈으로 밤을 새웠지요.

아침과 더불어 정말 기다리지 않았던 수술 시간이 찾아왔고 장시간 대수술이 진행되는 동안, 나는 오로지 당신만은 아이들 곁에 남겨달라고 간절히 빌고 또 빌었지요.

기도가 절대자의 마음을 감동시키지 못했다면, 그래서 생각조차 하고 싶지 않은 결과를 내게 안겨줬다면 그 순간부터 내 인생은 형극의 길이 되었을 것이고 삶의 의미를 상실했을 거예요. 당신이 지향해온 진실한 삶을 잘 헤아려주고, 당신의 소원을 정중히 받아 주시고 이렇게 가족의 품으로 안전하게 보내주신 부처님 하느님께 감사하고, 병마의 위협에도 흔들림 없이 견뎌준 당신에게 너무도 감사했어요.

수술 후 당신의 건강이 완전하게 회복되지 않은 상황인데, 남편이 군에서의 미련을 버리고 인생 제2막을 선택해야 하는 기로에 놓여 있었지요.

생소한 일반사회에서 새로운 삶을 살아가야 하는 남편 걱정에 당신은 또 다시 새로운 고민을 했지요.그러나 우리는 새로운 삶에서 더 이상 실패할 수 없기에 주변의 많은 조언을 통해 신중하게 전역을 결정했고 최소한 가족에게 새로운 희망을 안겨줄 수 있다는 확신을 갖게 되니 어설프지만 작은 행복감을 간직하게 되었어요.

지금 사는 인생은 어쩌면 덤으로 사는 인생이라며 과거 당신을 숨막히도록 힘들게 했던 일조차도 감정으로 남기지 않고 이를 감사한 맘으로 승화시키며 살겠다고 선언하고 그렇게 살아가고 있으니 당신은 이 땅에 존재하는 천사임이 분명해요.

병환으로 입원해 계시는 시아버지 소식을 접하고는 심한 발목 통증도 숨긴 채, 단숨에 고향을 다녀온 당신의 모습을 대하면서, 그리고 시아버지가 퇴원하실 무렵에는 형과 형수 그리고 고모가 가까이에서 고생하셨는데, 병원비만은 우리가 정산할 수 있도록 형수와 상의했다는 이야기를 들으면서 이렇게 따뜻한 마음을 간직한 당신과 살아가는 나는, 세상에서 가장 축복받은 행운아라 생각했어요. 지금도 그 생각에는 변함없구요.

이른 새벽, 출근길에 나서는 남편을 위해 밥상을 차려주는 당신을, 건강을 소홀히 하는 남편을 위해 건강케어에 필요한 지식을 익히고 이를 생활 속에서 챙겨주는 당신을 대할 때마다 나의 존재 이유는 당신 그 자체임을 확신해요.

세월 속에 당신의 가슴에 쌓인 한을 이제야 제대로 느끼고 알게 되었기에 두 번 다시 당신의 가슴에 그런 한 서린 괴물을 안겨주지 않을 것을 약속해요.

우리 삶 속에서 쌓아 놓은 갈등과 어두운 그림자는 훌훌 털어 버리고 건강하게 그리고 큰 의미가 숨 쉬는 삶을 꾸려갑시다.

•

# 취업 경쟁

졸업을 한 지 1년이 지나고 있지만 아들의 취업 전쟁은 끝날 기미가 보이지 않는다. 이것이 내 아들만의 문제가 아니라 사회적인 문제이기는 하지만 그래도 매일 자식을 지켜보는 부모의 답답한 심정은 이루 말할 수 없고 고학력자가 고통을 받는 대한민국의 현실에 반항적인 감정이 치솟는다.

청년 실업의 심각성을 두고 많은 사회학자가 진단을 통해 대책을 제시하고 있지만 개선되지 않는 이유는 여러 가지가 있을 수 있다.

살면서 이런 고통을 경험하지 못한 기성세대는 통계적 데이터를 중심으로 일자리를 마련하는 정책을 펼치고 있고, 일자리에 대한 정성적인 향상이나 개선은 기대하기 어렵다. 젊은 청년들이 임금이 높은 대기업만을 선호하기 때문에 청년 실업이 개선되지 않는다는 비판을 내놓는다.

하지만 성장의 동력에 가속이 붙고, 사회적으로 일자리가 풍부하여 선택이 자유로웠던 80년대 시절, 기성세대가 취업 여건이 좋은 것에 만족하지 않고 미래에 대한 혜안과 함께 일자리에 대한 예측과 개발정책을 보다 세밀하고 단계적으로 추진해 왔다면 오늘과 같은 취업대란 그리고 이로 인한 사회적 갈등은 없었을 것인데, 아쉬움을 내려놓을 수 없다.

부모들이 취업전쟁에 내몰린 자식에게 현재로서는 해줄 수 있는 것은 아무것도 없다. 만약 내놓을 것이 있다면 마음이라도 편하게 가질 수 있도록 해 주는 것, 그것이 전부이다.

혹시 나는 아들이 취업전쟁에서 포기할 것이 염려가 되어 꾸준히 노력하면 반드시 기다리던 일자리가 너를 선택할 것이라는 막연한 말잔치로 위로해 왔다. 말로 위로될 수 없는 상황임을 잘 알면서 부모가 할 수 있는 것은 그것이 전부이다.

문과계열을 졸업한 아들의 취업 문턱은 이과계열 친구들에 비해 선택의 폭이 너무 좁아서 인지 아예 취업을 포기하는 인원이 늘어나고 이것이 사회적으로 새로운 문제로 부각되고 있는 실정이다.

아들은 대학 입학은 전자공학부로 했으나 중간 과정에 외국어학부로 편입했다. 졸업 후 취업전선에 뛰어들어 고통을 겪고 있는 모습을 대할 때마다 그 당시 아들의 외국어 학부 편입을 좀 더 완강하게 설득하고 만류하지 못한 것에 대해 후회도 하지만, 취업 문제를 벗어나 사람이 태어나서 본인이 원하는 것에 도전할 수 있는 기회를 마련해 주었다는 것에 위안을 찾기로 했다.

아들은 서류 전형에서, 인성 및 적성검사에서, 1차 면접에서, 2차 면접에서, 최종 면접에서 떨어지고 또 떨어지는 쓴맛을 보았다. 이 사회의 취업전선이 이렇게 각박하고 심각하다는 것을 몸소 통감하는 가운데 아들의 취업전쟁은 처절하게 계속되고 있다.

한번은 어느 회사 최종면접을 보고 오더니 "아빠, 이번에도 합격하기 힘들 것 같아요. 이 회사가 나를 뽑지 않으면 제가 운이 없는 것이 아니라 회사가 불운한 겁니다.", "걱정하지 마세요, 제 힘으로 이번 여름 가기 전까지는 취업 문제를 해결하겠다."며 애써 웃는 모습으로 나를 안심시켰다.

가족이 자신에게 관심을 가지고 있는 것 자체가 본인에는 엄청난 부담이고 고통일 것이라 생각하니 이렇게 태연한 척하는 아들의 모습을 지켜보면서 도움을 줄 수 있는 것이 없다는 사실에 더욱 마음이 아팠다.

아내는 취업 문제를 겪고 있는 아들의 고통을 나눠가지겠다는 심정, 아들의 고통이 좋은 결과와 더불어 마무리되길 바라는 심정으로 모처에 있는 사찰에 100일기도를 등록하고 새벽마다 나갔다. 자신의 건강을 살펴야할 상태이지만, 취업문제 때문에 아들이 겪고 있는 고통을 그냥 지켜만 볼 수 없다는 것이다.

자식에게서 절대 자유로울 수 없는 것이 부모라 했는데 이런 경우를 두고 하는 말일 것이다.

여러 회사에 취업 원서를 넣은 아들은 서류 심사 탈락, 서류 심사는 통과했지만 1차 면접에서 탈락, 이번에는 2차 임원 면접만 통과하면 되어 거의 목표에 다 왔는데 결과는 탈락, 취업 전선에서 반복적으로 고배를 마시고 있다. 하고자 하는 일에 대해서는 무식하다할 정도로 고집스러운 아들이 취업전선에서 마음에 상처받고 그래서 정체성이 훼손되는 일만은 없으면 좋겠다는 생각을 했다.

젊은 청년들의 실업문제에 자유로울 수 없는 기성세대가, 정부를 중심으로 문제해결을 위해 다각도로 고용정책을 개발하고 있는 것은 환영할 일이다.

그러나 지원 정책을 개발함에 있어, 최소한 청년 개개인의 자존심과 정체성에 부정적인 영향을 미칠 수 있는 정책은 자제해야 한다. 왜냐하면 아무리 급해도 우리 청년에게 소중한 자산은 자존심, 끈기 그리고 용기이기에, 이를 훼손하는 정책 추진은 새로운 위험을 재촉하는 것이나 다름없기 때문이다.

만약 채용기관과 회사에서 운영하는 인턴제도, 수습제도 등으로 젊은 청년들이 정신적으로 반사회적 상처를 입을 수 있다면 이는 국가적 차원의 강제를 명확히 이행해야 한다. 이런 조치는 취업 경쟁 속에 시달리고 있는 젊은 청년들에 대한 최소한의 사회적 예의이며 사회적 사랑이며 국가적 응원이기도 할 것이다.

어려운 취업전선에서 과감히 도전하고 때로는 상처 받고 그리고 받은 상처를 움켜잡고 버티는 이 땅의 청년들이 이 나라의 미래이고 주인임을 우리는 잊지 말아야 한다. 또한 젊은 청년들의 취업 경쟁이 최소한 자신들의 꿈을 펼치는 경쟁은 아니더라도 자신의 정체성을 훼손하는 그것이 되질 않기 간절히 소망한다.

•

# 딸이 차린 밥상

오늘은 출근하는 아빠를 위해 딸이 마련한 따뜻한 새벽 밥상이 너무나 감동적인 하루였다.

새벽 4시경, 알람 소리가 울리자마자 냉장고 여닫는 소리, 가스레인지를 작동하는 소리, 식탁을 정리하는 소리가 새벽 공기를 타고 거실 안을 가득 채웠다. 아내가 친정에 잠시 들르러 내려가 있는데, 새벽에 출근 하는 아빠를 위해 딸이 어떤 역할을 할 것이라는 마음이 움직이고 있었다.

나는 조금 더 자고 싶었지만 딸을 키우면서 자주 겪을 수 없는 기록적인 날이라 신기하기도 하고 어떻게 하나 궁금하기도 해서 잠자리를 박차고 일어났다.

딸에게 "일찍 일어났구나, 오늘은 그냥 라면 하나 끓여먹고 나가려 했는데 이렇게 너를 번거롭게 했구나"라고 말하자 딸은 "아빠, 항상 식사는 제대로 하셔야해요. 조금 더 주무시지, 식사 준비 다 되면 깨우려 했는데. 식사 준비 다 되어 가는데 조금만 기다리세요"라고 답했다.

항상 어리다고만 생각했던 딸이 이 꼭두새벽에 일어나 아빠의 밥상을 차려 주기 위해 앞치마를 두르고 주방을 지키고 있는 모습은 신선한 충격이자 삶의 과정이 한 단계 더 진척되고 있음을 생각하고, 딸에게 다가올 미래를 일깨워 주었다.

이제 딸이 가족 내의 딸의 위치가 아니라 머지않아 배필을 만나고 결혼해서 어느 집 며느리의 위치를 맞이할 날이 가까워지고 있음을, 그렇게 장성했음을 느꼈다.

항상 엄마가 차려주는 밥상을 받을 줄만 알았지 차리는 것에는 익숙하지 않던 딸에게 오늘 새벽은 가족에 대해 성숙한 생각과 더불어 자신의 역할을 새기는 기록적인 시간이 되고, 새로운 단계로 생각을 트는 계기가 될 것이라고 생각했다.

손수 끓인 된장찌개가 메인인 단출한 밥상이지만 착하고 고운 공주의 마음이 오롯이 담겼기에 그 맛은 무엇과도 비교할 수 없는 절대성 그 자체였다.

차려진 밥상을 대하는 아빠의 밝은 표정을 보면서 딸이 한마디 한다. "아빠, 처음 해 보는 밥상차림이라 부족한 것이 많겠지만 앞으로 시간 내서 엄마 도와주면서 작은 것부터 하나씩 성실히 배워나갈 거예요"라고.

새벽에 아빠에게 건네는 이 한마디는 어쩌면 아내가 그동안 딸로부터 가장 듣고 싶었던 이야기일 수 있다는 생각을 했다.

아내가 딸을 훈육하면서 늘 강조했던 것 중의 하나는, 세상이 아무리 변하고 위계가 무너져도 가정을 꾸려나가는 데 있어, 남편은 남편으로서 아내는 아내로서 행하고 유지해야 할 기본적인 몫이 따로 있다는 것이다. 식단을 준비하고 관리하는 것은 아내가 해야 할 기본적인 것인데, 만약 이것마저 남녀평등의 도구로 여길 경우 가정은 구성원 각자의 명확한 역할 부재로 인해 시간이 갈수록 심각한 혼란을 초래하고 결국에는 파행을 맞을 수 있다고 강조했다.

딸에 대한 아내의 훈육 철학은 명확하지만 이에 역행하는 딸의 행동으로 간혹 부녀간의 충돌이 발생했다.

사람은 큰물에서 놀아야 한다며 서울 곳곳을 탐방하며 돌아다니는 딸의 행보에 대해 아내는 새로운 대응책을 마련했다.

몇 년 후가 될지 알 수 없지만 딸이 머지않아 결혼을 할 것이라는 전제하에 아내는 신부로 갖춰야 할 것을 목록으로 정리하여 하나씩 체크하며 훈육을 진행했다.

최근에는 아내가 딸에게 음식 요리 학원을 권유했으나 결국 딸의 고집을 꺾지 못했다. 딸이 직장에 다니고 있어 요리를 배울 수 있는 시간이 제한되는 것을 아내가 모르는 바 아니지만, 이참에 요리에 대해 관심을 끌어내어 가정을 꾸렸을 때 도움이 될 수 있도록 하겠다는 의지가 분명했다.

휴일에 시간이 나면 집안일을 도와주거나 배우기보다 친구들과 어울리는 것을 좋아하는 딸이 만약 결혼해서 시어른을 모실 경우 일어날 수 있는 상황을 놓고 아내는 늘 고민했다. 그런데 오늘 새벽 엄마의 역할을 대신해서 딸이 마련해준 밥상과 노력하는 모습은 아내가 안고 있던 걱정이 부질없는 기우이고 어쩌면 기다리지 못하는 아내의 성격에서 비롯된 오해라 생각했다.

딸을 어리게만 생각하고, 하는 행동을 인정하기보다는 훈계만 해 왔는데 딸은 엄마의 음식 솜씨를 흉내 내는 연습을 하고 있었던 것이다. 엄마가 잠시 비운 자리를 채우려 애쓰는 모습 그리고 엄마 보란 듯이 음식을 장만한 딸이 정말 든든했다. 부모의 눈에는 항상 자식들이 어려 보이고 걱정스럽지만 오늘 새벽 딸이 차린 새벽 밥상은 딸에 대해 새롭게 인식하는 기회가 되었다.

딸은 대학에서 미술을 전공했다.

전공과는 전혀 관계없는 모회사의 비서실에서 근무하고 있다. 항상 준비성이 남다른 성격과 함께 직원들과 잘 친화하며 원만하게 직장생활을 하고 있어, 효녀라는 별칭이 함께한다.

딸이 열정적으로 직장 생활을 하는 목적은 분명했다.

지금의 직장에서 일정 자금을 모으게 되면 이것으로 자신의 전공을 살릴 수 있는 자격증을 마련해서 미술을 지도하는 전문직을 준비하는 것이었다.

집을 나서기 전에 딸에게 용돈을 건네며, 아빠는 항상 너의 편이고 너를 응원하고 있음을 잊지 말라 당부했다.

딸을 둔 아빠의 엄청난 이 기분을, 할 수만 있다면 복사해서 매일 간직하고 싶었다.

오늘만큼은 직원들이 나를 '팔불출', '딸 바보'라 놀리더라도 기꺼이 감수하고 딸에 대한 이야기를 꼭 하고 싶었다.

•

# 아내,
# 나의 소중한 친구

세월이 많이 흘렀다.

30년 전 아내는 생각조차도 하고 싶지 않은 병마로 고통과 시련을 겪었으나 이제는 누구 못지않게 건강한 삶을 꾸려가고 있다.

잠든 아내의 모습에서 유난히 눈에 띄는 흰 머리카락은 내 가슴을 짠하게 했다. 아내가 어리석을 만큼 고생만 해 온 지난날을 생각하면, 이제는 지금 내가 살아가는 방법으로는 결코 아내에게 위로를 안겨줄 수 없고 후회스러운 과거를 답습할 수밖에 없다는 생각을 했다.

아내는 살아오면서 아들딸에 대한 걱정을 한순간도 놓지 않고 지극 정성을 다해 키워왔고, 남편 뒷바라지에 일 년 365일 새벽잠을 설치며 살아왔다. 이제는 좀 편안한 마음으로 살아갈 것을 권유해 보지만 아내는 그 자체를 받아들이지 못한다.

방송을 통해, 자녀가 장성하여 부모의 품을 벗어나게 되면 부인의 일방적이었던 정서의 지향점이 방향을 잃게 되고 이로 인해 우울증을 앓게 된다는 내용을 접하게 된다. 가족의 구성원으로 함께 해온 자녀가 결혼을 통해 독립하게 되면 즉 부모의 품을 떠나게 되면 이로 인해 부인에게 찾아올 수 있는 정신적 변화에 대한 대처를 강조했다. 나는 그 증상을 치유할 수 있는 방법 중 하나로, 자녀의 독립 시점을 기준으로 아내와 남편이 새로운 관계 변화를 생각해 왔다. 다름 아닌 부부의 관계를 친구의 관계로 전환하여 살아가는 것인데 상대적인 차이는 있겠지만, 부부의 인생에 있어 새로운 생기를 찾는 기법이 될 수 있을 것이라 생각하고 있다.

친구로 지내려면 일정 조건이 필요한데 부부가 둘도 없는 친구의 관계로 전환하는 데 있어 이미 필요한 충분조건을 갖추고 있다.

1. 함께한 세월 속에 부부는 서로를 속속히 알아가며 살아왔고, 이제는 아내의 표정만 봐도 무엇을 원하고 무엇을 필요로 하는지를 충분히 헤아리는 소통의 경지에 도달해 있다.

2. 아내가 자녀를 양육하는 환경 속에서 가슴에 담고 있었던 섭섭한 것이 무엇인지를 잘 알고 있고, 자식과 남편을 우선하는 집착으로

진적 자신을 사랑하는 것에는 얼마나 인색하고 소홀 했는지 남편은 너무나 잘 알고 있다.

3. 개인이 간직하고 있었던 꿈을 삶의 과정 속에 묻은 지 오래되었지만, 더 늦기 전에 이제는 하나씩 더듬어 봐야할 시점에 와 있음을 서로가 잘 알고 있다.

이 정도면 부부는 둘도 없는 친구가 될 수 있는 충분한 조건을 갖췄다고 볼 수 있지 않을까?

내가 갖고 있는 생각을 아내와 공유하며 의견을 나눈 적이 있었다. 아내는 부부가 친구와 같은 관계로 지낸다는 것이 너무나 평범하고 쉬운 관계의 전환이라 생각할 수 있으나 이를 위해서는 서로가 공동으로 인정해야 할 것이 있다고 언급했다.

즉 남편은 가장으로서 가족을 위해 굵직한 역할을 해왔다는 것, 아내는 남편의 내조는 물론이고 남편이 이해할 수 없는 잡다하고 복잡한 일들을 지겹도록 챙기면서 살아왔다는 사실, 그리고 이로 인해 심신은 지쳐 있고 그 동안 억눌려 있었던 욕구의 정도는 위험 수위에 도달해 있다는 사실, 그것이었다.

아내의 이야기를 들으면서 앞으로 남편과 아내가 서로 소중한 친구로 살아가기 위해, 지난 날 부부의 역할에 대한 공동 인식을 토대로, 부부의 관계를 수평적인 위치에서 친구로의 전환 관계를 재정립하고 이를 바탕으로 아내에게 잠재되어 있는 많은 욕구를 자상하고 친절하게 차근차근 해소하는 것이 중요함을 공감했다.

이제 나는 가족이라는 틀에 갇혀 있던 아내가 아니라 자신의 감정에 솔직하고 충실한 아내와 일상을 함께 열어갈 것이며, 이를 통해 부부의 소중한 인연 속에 눌려 있던 마음의 짐을 일소하고 삶에 새로운 가치와 행복을 마련하는 전환점이 되도록 살아갈 것이다.

아무리 현실이 다급하고 힘들어도 작은 것부터 쉬운 것부터 하나하나 실천하면서 보이는 흠을 가려주는 훈훈한 친구가 될 것이다. 생각하지 못한 역경과 고난이 닥치더라도 나의 친구인 아내가 항상 우선이고 친구를 위해 모든 것을 바칠 수 있는 그런 인생을 펼쳐갈 것이다.

친구인 아내가 즐거움은 더욱 길고 넓게 누릴 수 있도록 나의 모든 것을 아끼지 않는 그런 인생을 꾸려갈 것이다.

그래서 먼 훗날 우리는 부부로서 살아온 인생보다 친구로 살아온 인생 후반이 참 아름답고 행복했다는 마음의 메아리를 남기고 싶다.

•

# 기다림

항상 어리다고만 생각했던 아들이, 둥지를 털고 창공을 날아가는 새처럼 스스로의 변화를 추구하며 움직이는 모습을 보이고 있다.

어릴 때부터 정적인 것에 익숙하고 활동적인 취미가 없어 우리 부부는 늘 아들의 건강관리에 대해 걱정을 해 왔다.

초등학교 입학하기 전까지 아들은 늘 잔병치레를 했고 고등학교 시절에는 허리질환으로 고생했다. 아내가 아들의 건강에 대해 지나칠 정도로 걱정하는 것은 어릴 때 어려운 환경 속에 아들을 제대로 챙기지 못한 것에 대한 아픈 심정의 표현이 틀림없다.

주말에 가족모임을 했다.

아들은 그 자리에서 3주 후에 '국제환경봉사단' 일원으로 아프리카로 출발한다는 사실을 알렸다. 갑작스러운 이야기에 놀라기도 했지만 우리 부부는 어쩌면 이것이 개인이 건강관리에 중요성을 느끼고 생활방식을 바꾸는 계기가 될 것이라는 긍정적인 생각을 갖기로 했다.

아들은 인터넷 검색을 통해 그곳의 정보를 일일이 확인하고, 고산지대 등반에 필요한 지식 습득은 물론 개인체력단련에 집중했다.

이번 봉사활동은 아프리카 킬리만자로 산(아프리카 탄자니아 북동부에 위치한 성층 화산이고, 3개의 주요 화산으로 이루어져 있음)을 등정하면서, 고산지대에 거주하는 원주민을 대상으로 간단한 의료지원과 생활에 필요한 물품 지원 및 봉사활동을 추진하는 것이 주된 목적이었는데, 아들은 주민에 대한 지원활동의 멤버로 참가하게 된 것이다.

아들이 출국하고 난 후, 아내는 킬리만자로 지역에 대해 검색을 하는 등 아들에 대해 걱정하고 있는 심경이 행동과 표정으로 나타나기 시작했다.

어릴 때부터 기관지가 좋지 않았던 아들이 고산지대에서 무슨 일이 생기지는 않을까, 하루도 빠뜨리지 않고 걱정에 빠져있었다. 엄마의 심정을 헤아리고 있었는지 아들이 그곳의 소식과 본인의 건강상태 등 상세한 내용을 아내의 스마트 폰에 남겼다.

30여 명으로 구성된 봉사단원이 계획된 일정에 따라 활동을 잘 진행하고 있고 해발 5,000m를 넘어서면 산소 부족에 의해 나타나는 고산증(高山症) 때문에 고생할 수 있는데, 이를 고려해서 일단 캠프에서 휴식을 하면서 문제가 발생할 수 있는 인원을 제외하고 일부 인원만 이동할 것이라 전해왔다.

자상하게 그리고 좋은 소식을 전해오니 그제야 아내는 그동안의 걱정을 들은 듯 밝은 표정을 보였다.

아내가 아들의 건강에 걱정하고 집착하는 데는 그럴 만한 사연이 있다. 임산부는 태아의 건강을 위해 영양섭취에 관심을 갖고 음식을 챙기는 것이 보통인데, 아내는 그것과는 거리가 멀었다. 성장 과정에 채식위주로 식사를 해왔고, 임신 기간에는 그것조차도 먹는 것이 어려울 정도로 입덧이 심했다. 태아를 위해 먹는 것이라곤 우유 섭취가 전부였던 것이다. 아내는 태어난 아들에게 그런 미안한 마음을 간직하고 살아왔고 아들이 장성한 지금에도 그런 마음은 여전하다.

이른 새벽 시각, 아들이 인천국제공항에 도착했다는 소식을 전해왔다. 밝은 목소리는 이번 도전이 아들에게 새로운 것을 얻고 느꼈음을 대신하는 듯 했다. 아들 소식에 환한 미소를 짓는 아내의 얼굴에서 아들에 대한 근심 걱정이 조금은 해소되었음을 느낄 수 있었다.

아들의 해외환경 봉사활동은 아들의 건강을 염려하는 아내에게는 반갑지 않은 것이지만, 나는 어쩌면 이번 도전이 아들의 건강에 대한 아내의 걱정을 내려놓을 수 있는 계기가 될 것이라 생각 했었다.

내 짐작은 빗나가지 않았다. 이번을 계기로 아내는 아들의 건강관리에 대해 새로운 신뢰를 안게 되었고 지금부터는 자신의 건강관리에 시간을 투자할 것이라 선언했다. 다행이다.

이전과는 달리 자신의 건강관리와 체력 보강에 시간을 투자하여 규칙적으로 움직이고 있다. 이를 지켜보면서 이제는, 아들에 대한 부모의 걱정이 아니라, 아들이 부모의 건강을 걱정하고 건강을 위한 활동을 권장하는 역전 드라마가 연출될 날이 멀지 않았다는 생각을 해본다.

자식에 대한 기다림이 이제 당당한 결실을 향하고 있다는 생각에 오늘은 그저 마음이 구름을 타고 있는 느낌이다.

•

# 아빠의 몫

수많은 도전과 도전을 통해서 아들이 중견회사에 취업했다. 어렵게 취업을 했기 때문에 회사 생활에 잘 적응할 것이라 기대했고 그렇게 믿고 싶었다.

새벽잠을 설치며 출근하는 아들의 모습을 지켜보면서, 간혹 시간을 내어 들려주는 직장 회식 자리에서 있었던 이야기를 들으면서, 지방 출장을 다니면서 경험했던 이야기를 들으면서 이제는 아들이 취업 경쟁의 대열에서 벗어나 새로운 삶을 꾸려가고 있다고 판단했다.

하지만 그런 생각이 내게는 사치였을까?

직장 생활을 한 지 1년이 지난 어느 주말, 나는 아들의 직장 생활에 대해서 궁금한 점도 있고, 아내가 최근에 아들이 폭음을 하는 횟수가 늘어나고 있고 간혹 잠자리에서 고함도 치고 뭔가 일상에 문제가 있는 것 같다는 이야기도 있고 해서 특별히 가족 간의 소통 시간을 마련했다.

나는 오늘 자리를 마련한 이유에 대해 간단히 언급하고, 이 시간을 통해서 각자의 마음에 있는 불안한 것들 솔직히 이야기하고 그래서 이후부터는 더 새로운 일상을 만들어 가자고 제의했다.

나는, 아들의 성장 과정에 아빠로서 서운하게 대했던 일은 물론 아들이 부모의 기대를 저버리고 서운케 했던 일들을 빠트리지 않고 조목조목 이야기했다. 그리고 아내는 아들의 건강을 걱정하며 바쁘고 힘든 것 알지만 건강관리는 절대 소홀히 하지 말 것을 주문했다.

이야기를 듣고 있던 아들은 오늘 이 자리가 어쩌면 자신의 고민을 해결할 수 있는 기회라고 판단하였는지 많은 이야기를 꺼냈다.

아들은 취업 준비를 하면서 인문계 출신이 취업할 수 있는 문이 이렇게 좁을 줄은 몰랐고, 대학 시절에 이공계에서 인문계로 전적할 때 왜 부모님이 그렇게 반대하였는지 통감하게 되었다며 너무 죄송하고 후회스럽다는 심정을 토로했다.

그리고 직장 생활에 대해 이야기를 이어 갔다.

지난 월요일 새로 장만한 구두와 양장 차림으로 출근한 아들은, 통로에서 만난 직장 상사에게 아침 인사를 건넸는데, 답례가 없었고 그리고 자신에 대해 시선이 곱지 않다는 느꼈다. 도대체 본인이 무슨 잘

못을 했는지, 뭐가 문제인지 고민하다가 주변을 통해 알아보았는데, 그것은 다름 아니라, 아들이 신고 출근한 구두가 원인이었다는 것이었다. 회사의 생활 문화는 정장에 흑색 구두가 기본이라 갈색 구두를 신고 출근한 아들은 당연히 부정적 관심 대상으로, 분위기 파악 못하는 사원으로 낙인된 것이다.

요즘 젊은 친구들이 선호하는 헤어스타일로 이발을 하고 출근을 했는데, 이를 두고 임원이 팀장을 불러 질책하고 군기 운운하는 하며 제대로 관리하라 지시하는 경우도 있었다는 것이다.

직장 생활에서 단체 회식은 피할 수 없는 것이지만, 회식 분위기가 2차, 3차는 기본이고 헤어질 때는, 직원이 자신의 차를 이용해서 상사를 모시는 것이 당연시 되어있다는 것이다.

이러한 회사 분위기는 직원들에게 경직된 업무분위기를 안겨주고 있으며, 회사에 출근하면 아들은 업무에 대한 고민보다 사람에 대한 고민과 비생산적인 업무에 대한 갈등으로 시간을 보냈다고 말했다.

이야기를 하는 내내 아들의 표정에서, 지금 다니고 있는 회사는 직원들에게 어떤 목표를 부여하고 성취감을 안겨줄 수 있는 직장이 아니라 개인의 안위와 영달을 위해 조직원을 도구화하는 권위적이고 폐쇄적인 직장으로 인식하고 있고 이로 인해 매일 분노와 갈등을 겪고 있다는 느낌을 받았다.

누구보다 아들 속을 잘 아는 아내는 그동안 혼자만 앓고 있던 아들의 고민거리, 직장 생활의 상태, 직장 생활에 대한 입장 그리고 아들이 잠자리에서 왜 고함 치고 불안해하는 이유를 명확하게 찾아낸 듯 후련한 표정을 비치면서도 그동안 자식이 겪었을 마음고생을 생각하며 눈시울을 붉혔다.

아들의 이야기를 듣고 수직구조에서 겪었던 내 자신의 경험을 소환해 해결책을 고민하면서, 직장 생활에서 아들의 고충을 해소하기 위해 부모로서 생산적이고 현실적인 역할을 하기로 결심했다.

취업에 있어 선택의 폭이 좁고 어렵다지만, 시대의 흐름에 역행하는 폐쇄적인 직장, 젊은 사원들이 창의적인 업무 능력을 발휘하기 어려운 조직, 미래의 꿈을 안겨줄 수 없을 정도로 문화적 충격이 상존하는 직장에서 과연 아들이 배울 수 있는 것이 무엇일까?

취업 때문에 겪어온 마음의 상처를 반복하고 싶지 않아, 부모에게 반복되는 실망을 안겨줄 수 없다는 강박관념과 함께 고통을 참으며 걸어온 아들을 제대로 위로할 수 있는 방법은 무엇일까?

간혹 직장 생활에 힘들어하는 아들의 모습을 대할 때면 나는 이를 그저 직장생활에 적응해 나가는 하나의 과정이라 생각하고 시간이 지나면 다 해결될 문제로 여겨왔다. 하지만 직장 생활에 대한 아들의 가슴앓이 이야기를 듣고 아들의 인생을 이런 상태의 직장에 방치하고 싶지 않았다. 이것은 아내의 간절한 바람이기도 했다.

아들에 대한 사랑이 남다른 아내는 아들이 가능한 빨리 회사를 그만두고 제발 자유롭기를 간절히 소망했다.

그런 회사를 경험한 것 자체로 위안을 삼고 새로운 것에 도전할 수 있는 기회를 마련하자고 요청했다.

어느 토요일 저녁, 가족 모임을 가졌다.

나는 그간 직장 생활 속에서 아들이 겪어온 고통과 갈등을 잘 견뎌줘서 고맙다는 심경을 밝히고, 아들이 가능한 빨리 지금의 직장을 깔끔하게 정리하고 당분간 여행도 하면서 그동안 입은 상처를 잘 치유할 것을 권유했다.

직장 생활에 대한 아들의 고민을 제대로 해결하기 위해 결심한 나의 결정은 자식을 위한 아빠의 몫이기도 하지만, 이것이 훗날 아들이 펼쳐가는 인생에 있어 중요한 변곡점의 한 부분, 그것도 아주 의미있는 역할로 남았으면 좋겠다.

•

# 딸의 혼례

오늘은 딸이 우리 부부의 품을 떠나는 날이다.

남녀가 부부의 연을 맺을 수 있도록 양가 부모가 하객을 모셔놓고 성혼을 축하하고 인정하는 날이다.

직장친구의 소개로 만난 남자친구와 짧은 기간 연애를 했고, 외국계 직장에 몸담고 있는 예비사위의 여러 가지 여건을 고려하여 결혼식은 해를 넘기지 않기로 결정했다. 그리고 양가 안사돈이 늦가을 말일로 날을 잡았다.

올해 초, 맥주 한잔하는 아내의 뜻밖의 제안이 있었다. 술을 입에 대지도 않는 아내가 이런 제안을 해왔기에 내가 알지 못하는 속사정이 있을 것이라 생각하고 약속장소에서 만났다. 주문하고 나서 아내는 조심스러운 표정으로 딸에 대한 이야기를 했다.

딸이 남자친구를 사귄 지 6개월 정도 되었는데, 그간의 만남을 통해 미래를 약속하는 정도로 관계가 진전되었고, 남자친구가 조만간 우리 부부를 찾아뵙고 인사를 올리겠다는 요청이 있었다는 것이다.

딸이 누군가를 사귀고 있다는 것은 들어서 알고 있었지만, 둘의 관계가 이렇게 빨리 전개되는 것에 대해서 우리 부부는 불안하고 고민스러울 수밖에 없었다. 딸을통해 들은 이야기가 딸의 남친에 대해 아내가 아는 것이 전부이고 추가적으로 알 길이 없어 답답했다.

하지만 딸이 남친을 너무 마음에 두고 있기에, 나는 아내가 바라는 대로 인사 겸 집에 방문하는 일정을 미루지 않고 그대로 진행하기로 했다.

내 결정에 아내는 고맙다는 표현을 하면서, 상대에 대해 궁금한 것을 확인하기 위해 미리 활동했던 사실을 이실직고했다.

아내는 딸 그리고 딸의 친구들을 통해 남친에 대해 궁금한 것들을 상세하게 확인할 수 있었고 또한 몇 군데 생년월일시를 넣어 둘의 사주궁합을 알아보았다. 딸과 남친은 둘도 없는 인연이고 연을 놓치면 서로가 두고두고 후회할 수밖에 없다는 사주풀이 결과에 만족한 아내는 그때부터 예비사위에 한 표 행사하기로 결심한 것이다.

주말로 예정된 딸의 남친의 집안 방문을 앞두고 아내의 바쁜 움직임은 지금 생각해 보면 남친을 허락하는 조용한 향연이었다.

마음에 드는 딸의 남친에게 정말 친근한 장모가 되고 싶은 심정, 음식 솜씨를 마음껏 발휘해서 요리에 흥미가 없는 딸의 부족한 부분에 대해 정서적 안도감을 안겨주고 싶은 마음, 가능하면 한 가지라도 더 보탠 풍성한 상차림으로 딸의 면을 살려주고 싶은 심정, 이참에 남친의 먹성을 제대로 알고 상차림에 좋은 정보로 활용하겠다는 착한 욕심으로 자신만의 향연을 즐겼던 것이다.

아내의 준비 덕분에 남친의 방문 인사는 원만하게 진행되었고 우리 부부는 남친에게 후한 점수를 부여하는, 그래서 결혼을 전제로 서로를 알아가는 기회를 마련해주었다.

6개월이 지나 양가 상견례가 진행되었다.

사위될 친구가 아무리 인상이 좋고 마음에 들어도 진짜 중요한 것은 상대 부모의 성품인데, 이것은 아내가 소중하게 생각해 왔던 것이고 나 또한 주변 지인들의 경험담을 통해 공감하고 있었다.

사위가 아무리 딸에 대해 사랑이 넘쳐도 결국 양가 어른의 성품은 시간이 갈수록 부부에게 직접적인 영향을 미치는 요소이다. 주변에서 간혹 접하는 고부간의 갈등, 그리고 이로 인해 노출되는 파혼을 하나의 예로 들 수 있다.

상견례 진행에 특별히 정해진 순서는 없지만, 누구 먼저랄 것도 없이 서로 상대의 자녀에 대해 느낀 좋은 점을 부각시키려는 서로의 노력이 함께 했다.

그리고 자식의 부족한 점에 대해 서로 양해를 구하는 진정성 있는 상견례를 통해 두 주인공에게 인생에 새로운 기회를 마연해 주게 되었다.

결혼 날이 다가올수록 예단 준비로 아내와 딸은 바쁘게 시간을 보냈고, 딸은 그동안 생각해 본 적이 없었던엄마 품을 떠난다는 사실을 느끼기 시작했다.

엄마와의 시간을 갖고 싶어 2박 3일 일정으로 모녀가 서해안으로 여행을 떠났다. 어쩌면 이 여행은 엄마가 딸에게 결혼생활에 대한 경험적인 이야기를 들려주고, 결혼생활을 하면서 아내로서 반드시 지켜야 할 삶의 철학을 일깨워 주는 값진 시간이 되었을 것이다.

딸과 사위가 그렇게 길지 않은 만남과 교제를 통해 결혼을 하게 되어 주변에서 염려하는 분위기도 있었지만, 그간 둘이 보여준 참한 모습과 사돈 내외가 우리 부부에게 안겨준 후덕한 모습은 결혼식을 통해 양가가 새로운 연과 더불어 큰 축복을 맞을 것이라는 확신을 안겨주었다.

아주 멀게만 느껴졌던 결혼식이 내일로 다가왔다.

온화함보다는 무뚝뚝함이 어울리는 부모가 이끌어 가는 가족의 울타리 속에서 예쁘고 훌륭한 모습으로 장성한 딸이 너무나 자랑스러웠다.

나는 딸의 두 손을 꼭 잡고 양육하고 훈육하면서 마음속에 숨겨왔던 이야기, 그리고 새로운 삶을 꾸리는데 도움이 될 수 있는 이야기를 건넸다.

아빠가 순탄치 않은 세상살이에도  이렇게 흔들림 없이 걸어올 수 있었던 것은 어려울 때마다 그 어떤 불만도 내색하지 않고 오히려 부모의 입장을 이해해주고 기다려 주는 우리 공주의 넉넉함과 씩씩함 덕분이었고 그것을 늘 가슴에 간직하고 있음을 잊지 않았으면 좋겠다.

아빠가 우리 공주를 남들처럼 풍족하고 넉넉하게 키우지는 못했지만, 정직하게 삶을 살면 그것이 소중한 재산이 되는 것이고 시간이 갈수록 인간관계가 풍성해지며 자신이 어려움에 처했을 자발적인 도움을 받게 되는 값진 삶의 도구가 된다는 것을 명심했으면 좋겠다.

사랑하는 공주에게 아빠가 항상 미안하고 또 미안했던 것은, 미술분야에 소질이 뛰어난 공주인데 고등학교 막바지에 그것을 알게 되었다는 것이다. 그래도 공주의 뛰어난 총기와 도전으로 소망을 이뤄서 다행이고, 결혼을 하더라도 개인의 소질을 내려놓지 말고 계속했으면 좋겠다.

네가 엄마가 되면 아이가 무엇을 좋아하고 무엇에 소질이 있는지 알려고 노력하고 재능을 펼칠 수 있도록 투자하는 것이야말로 최고의 양육이라는 것을 가슴 속에 새기고 실천했으면 좋겠다.

가족은 늘 함께하는 것이 최고의 행복이고 가족의 진정한 가치임을 가슴에 새기고 살아간다면 어떤 갈등도, 어려움도 극복할 수 있을 것이다.

쉼 없는 내 이야기를 듣던 딸은, 그동안 아빠, 엄마가 넉넉지 못한 환경 속에서 오빠와 자신을 바르게 키우기 위해 그리고 누구에게도 자존심 구기지 않게 키우기 위해 정성을 다하신 것 잘 안다며, 결혼해서 부모님 가르침 잘 실천하고 누구보다 올바르고 행복한 가정을 꾸려가겠다며 아빠를 위로했다.

우리 공주가 내일 결혼식에서 당당한 모습으로 신랑을 맞이하고 그래서 부부가 때로는 친구처럼 그리고 웃음이 번창한 삶을 꾸려 나가는 그런 인생의 출발점이 되길 기원한다.

내일 눈비가 내린다는 일기예보가 있었다. 이런 날 혼례를 치르는 부부에게 큰 행운이 따른다는 풍설이 있다는데 제발 그것이 사실이면 좋겠다.

•

# 외손녀

지나가던 할머니가 아기를 돌보고 있는 나를 보더니 “아이가 친손녀입니까? 외손녀입니까?”라고 물으셨다.

“예, 외손녀입니다”라고 대답했더니 “아니, 외손녀에게 그렇게 정성을 다하면 다음에 친손녀가 태어나면 어떻게 감당할 것인가” 하며 웃으셨다. 보면 볼수록 더 예쁘고 보고 되돌아서면 또 보고 싶어지는 외손녀를 만나게 되기까지 딸에 대한 아내의 끔찍한 사랑과 끝없는 정성을 빠뜨릴 수 없다.

임신한 딸의 출산 달이 가까워지자 아내는 딸을 만나 오랜 시간 운동을 같이 하고, 태아를 위해 영양분 있는 음식을 챙기고, 산모가 올바른 생각과 용기를 가질 수 있게 아내가 아들과 딸을 가졌을 때 놓친 것, 부족했던 것에 대해 자상하게 들려주었다.

딸에 대한 아내의 집요하고 정성스러운 동행은 아내가 아들과 딸을 가졌을 때, 산모로서 태아에게 충분한 역할을 하지 못한 것에 대한 애석한 심정의 표출이고, 건강한 출산을 바라는 엄마의 사랑이고 배려일 것이다.

30여 년 전 아내와 나는 신혼살림을 섬 지방에 차렸다. 남편 얼굴을 1주일에 한번 볼 수 있는 생활환경에서 살아간다는 것은 아주 어려운 일이었고 임신 시기에는 불안에 수면을 제대로 취하지 못했다.

그리고 아내는 육류는 입에 대지 않는 채식가였고 영양 보충제는 고작 배달 우유가 전부였다. 아내는, 아들이 성장하면서 잔병치레도 많이 하고 겁이 많은 것은 임신 기간 중에 노출된 심리적 환경의 불안 요소 때문이라 확신하고 있다.

아내는 변함없이 딸과 하루 종일 시간을 보내고 집으로 돌아왔다. 출산이 며칠 남지 않았는데 그래도 산모가집에 가만히 앉아 있지 않고 출산에 도움이 되는 운동을 충분히 했기 때문에 순산할 것이라 이야기했다.

새벽4시경, 산모가 통증이 심해 병원으로 이동했다는 연락을 받고 도착하니 이미 외손녀는 순탄하게 태어나서 엄마의 품에 안겨 있었다.

병원에 도착해 산모에게 큰 고통을 안겨주지 않고 7분 만에 순산한 것이다. 외손녀는 태어나면서부터 엄마에게 효도하는 감사한 아기이다.

딸의 산후 뒷바라지에 아내는 경험을 바탕으로 정성을 다하고 있다.

100일이 지난 후에는 우리 부부는 최소한 일주일에 세 번 정도는 오가면서 외손녀를 만나는데, 하루하루가 다르게 자라는 아이를 생각하면 매일매일이 궁금하고 신기할 따름이다.

시간이 갈수록 선명해지는 이목구비, 그리고 청각과 시각이 발달하면서 주변 소리와 모양에 반응하는 모습, 배가 고프면 울고 배가 부르면 하품하는 움직임, 엄마의 배 속에서 했던 옹알이를 재연하는 모습 그 어느 것 하나 빼놓을 수 없는 신기함이다.

첫돌이 지나고 언어감각이 형성되면서 엄마, 아빠를 말하기 시작했다.

첫걸음마가 늦어져 걱정했다. 그래서였을까, 첫걸음마를 했던 그날은 온통 축제 분위기였다.

외손녀가 우리 부부에게 소중한 것은, 그 어떤 조건과 이유로 설명할 수 없지만, 외손녀를 지켜보면서 지난 과거를 새롭게 조명해보게 되고 이를 통해서 아들딸 그리고 가족에 대해 새롭고 깊은 사랑을 되새기는 계기를 마련했기 때문이다.

지난 세월 속에서 아내가 아들딸을 출산하는 과정이나, 아이 둘을 키우는 과정에서 내가 한 역할은 그렇게 긍정적인 점수를 받을 수 없다는 것을 나는 잘 알고 있다. 이것이 항상 가족에 대한 빚으로 남아 있다.

주말은 물론 평일에도 나는 외손녀가 보고 싶어 퇴근과 동시에 곧장 서울 딸네로 향한다. 외손녀에 대한 관심과 열정은 우여곡절이 많은 삶 속에서 자식에게 부족했던 아빠의 사랑과 역할을 외손녀에게 채워 주고 싶은 심정이 함께하고 있음을 입증하는 것이며, 그래서 다행이라 생각한다.

하루하루가 다르게 인지 기능을 갖춰가는 외손녀를 지켜보면서, 나를 향해 흘리는 해맑은 웃음을 대하면서, 삶이 힘들어도 살아가는 이유 중 하나가 이런 기분, 이런 관계, 이런 환경이라 확신한다.

외손녀를 유모차에 태우고 공원을 산책하는 시간만큼은 최고의 행복함이 함께하는 순간이고, 이런 순간이 영원할 수 있다면 더할 나위 없겠다.

사랑하는 외손녀가 흐르는 세월 속을 살아가면서 어떤 고난과 역경이 닥치더라도 지금과 같이 꽃보다 예쁘고 물보다 맑은 모습으로 세상을 누렸으면 좋겠다.

외손녀가 장성하여 바쁜 삶을 살아가더라도 지금과 같은 지혜와 웃음을 겸비해 주변인으로부터 호감을 받으면서 밝게 살아갔으면 좋겠다.

외손녀가 때로는 힘든 일로 지치고 갈등도 겪겠지만 그럴 때마다 추억이 담긴 사진첩을 펼쳐보면서 맑은 그리움을 새로운 용기로 승화시켜 절대 외롭지 않은 시간을 보냈으면 좋겠다.

•

# 찾아온 이별

금요일 새벽 4시, 아내에게 다급한 전화가 걸려 왔다.

장모님이 위독한 상태라 빨리 병원으로 오라는 간호사의 목소리였다. 아내는 통화를 하다 말고 털썩 주저앉았다. 간신히 몸을 추스른 아내와 새벽 첫 열차에 몸을 실었다. 하염없이 눈물을 흘리는 아내를 그 무엇으로도 위로할 수 없다는 것을 알고 있기에 그저 어깨를 토닥토닥 두드리며 따뜻한 마음을 건넸다.

최근에 일반병원에서 두 달 동안 입원해서 치료를 받았지만 병세는 입원할 당시보다 호전되지 않았고, 병원 측의 불가피한 규정 때문에 장모님은 가까운 요양병원으로 옮기게 되었다.

요양병원으로 옮기면 새로운 환경변화에 따라 장모님의 병세에 차도가 있을 수도 있겠다는 기대를 했다. 아내와 나는 여러 요양병원을 알아보고 주변의 이야기도 참고해서 신중하게 병원을 선정했다. 요양병원으로 옮기고 나서 며칠간은 장모님이 집에서 준비한 죽도 잘 드시고 정신도 또렷하다는 이야기를 듣고 우리 부부는, 정말 다행이라는 생각은 물론, 회복에 대한 기대를 했다.

병원에 들어서자 응급처치를 하는 의사와 간호사의 모습이 분주했다. 장모님이 마음을 내려놓으신 것 같다는 간호사의 한마디는 아내의 눈물샘을 자극했다.

누구도 이런 상황으로 갈 것이라 생각하지 않았다. 연세가 있으면 나타날 수 있는 증세인지라 완쾌를 기대하며 병원을 정하여 입원치료를 시작했는데 오히려 반대의 결과로 가고 있으니 억장이 무너질 일이다.

우리 부부는 이 상황 자체를 인정할 수 없었다. 집안의 일은 딸에게 맡겨두고 장모님을 보살피기 위해 울산으로 내려간 지 2개월이 지났고, 그 동안 바쁘다는 이유로 미뤄왔던 여행도 다니면서 세월 속에 쌓였던 서운함도 풀고 그렇게도 갈구했던 모녀간의 다정한 시간도 마련했다.

아내는 그때 장모께 이렇게 이야기했다.

“엄마, 나는 왜 엄마한테 사랑한다는 말을 한번 못 했는지 모르겠네. 이제는 우리 다른 걱정하지 말고 이렇게 좋은 시간 누리고 맛있는 음식 먹으면서 살자”라고.

“엄마, 저번에 제주도 같이 갔던 내 외손녀 생각나는가? 요즘은 어린이집에 다니는데, 영어를 얼마나 잘하는지 선생님이 놀랄 정도야. 자주 오겠다니까 아프지 말고 기다리자"라고.

어쩌면 아내는 몇 개월 전부터 장모님의 병세에 좋지 않은 생각(엄마와 같이할 시간이 얼마 남지 않았다는 예감)을 하고 있었는지도 모른다.

아내는 울산에 내려와서 장모님과 보내는 시간이 너무나 즐겁다고 이야기했다. 하지만 지금 눈앞에 펼쳐지는 상황을 대입시켜 보면 그것은 즐거움이 아니라 결혼생활, 세상살이를 하면서 이것저것에 얽매여 자식의 도리를 다하지 못한 것에 대한 역설적인 표현이었다.

혈압과 산소 포화가 급속히 떨어졌고, 며칠 전만 해도 상대를 알아보는 인지 기능을 잘 유지하는 상태였는데 이제는 그 자체도 어렵게 되었다. 아내가 통곡하지만 가늘게 눈을 뜨시고 소리 없는 말씀을 하실 뿐 우리에게 기대를 안겨주는 증세는 없었다.

아내는 장모님의 가슴 속에 담아둔 이야기를 계속했다.

"엄마, 이렇게 가면 어떡해. 회복해서 나랑 가고 싶은 곳 원 없이 여행 다니기로 약속했는데 이러면 안 돼. 뭐가 그렇게 싫어서, 뭐가 그렇게 급해서 이렇게 나서는 거야. 평생을 살면서 우리에게 한번 한 약속은 반드시 지켜야 한다고 해 놓고 왜 엄마는 나하고 한 약속을 안 지키는 거야", "평생을 고생만 하시고 이제야 그 터널을 벗어나나 했는데, 이렇게 가시면 미안해서, 너무 마음 아파서 나는 어떻게 살라고", "엄마, 무슨 말을 하고 싶은지 다 알아, 말하지 않아도 엄마가 뭘 걱정하는지 잘 알고 있어, 어린 나이에 엄마에게 버림받은 조카들, 엄마 대신해서 조카들 잘 보살피고 뒷바라지해줄게."

아내의 애절함이 전달되었는지 장모님은 대답 대신에 눈을 깜빡깜빡하셨다.

담당 의사 선생님의 소견에 의하면 하루도 넘기기 힘들다고 했는데 장모님은 너무나 차분하게 견디셨다. 시간이 갈수록 이별을 더 이상 거부할 수 없는 시간이 올것 같아 아내와 나는 불안하고 너무 초조했다.

잠시 집에 들러 미음을 준비하고 있는데, 또다시 긴급함을 알리는 전화가 걸려 왔다. 모든 것을 팽개치고 병원으로 달렸다. 병실 가까이에 도착했을 때 담당 의사양반의 모습을 보는 순간 정말 현실이 되지 않길 바랐던 이별이 현실이 되었음을 직감했다.

이생에서 마지막으로 자식, 손자손녀들을 위해 평온한 목소리 한번 들려주실 줄 알았는데, 자식들을 향해 인자한 눈길이라도 비춰주실 것이라 기대했는데, 장모님은 더 이상의 미련도 갖지 않으시고 이생과의 마지막 끈을 놓으셨다.

아내는 슬픔과 애통함에 눈물을 쏟고 또 쏟았다.

나는 아내를 감싸 안으며, 우리 이제 그만 편안하게 보내드리자, 당신과 함께했던 날들에 대해 어머니는 따뜻하게 간직하고 떠나셨을 것이라고 위로했다.

장인어른과 사별을 하신 이후 40년을 오직 자식들을 위해 자신을 희생하며 살아오신 장모님, 자식들의 사랑과 정성과 함께 선산에 합장해 드렸다. 헤어져 있어 항상 그리웠던 남편을 이제 다시 만나시게 되었으니, 이생의 일들은 잊으시고 두 분이 극락왕생 하시길 기원했다.

선산에 장모님을 모시고 돌아서는데, 갑자기 내 가슴에 표현할 수 없는 공허함이 찾아들고 참았던 눈물이 앞을 가렸다. 지금의 이별을 인정하고 마무리하기에는 당신께 진 빚이 너무나 많다. 우리 부부를 위해 베푸신 사랑이, 너무나 익숙해진 그 사랑이 없어진다는 것이 도저히 믿을 수 없었다.

새로운 인생을 살아가는 사위의 기를 살려주려고 명절에 뵐 때면 "내 사위는 천사와 같은 인물이고 내 사위만 있으면 열 아들 부럽지 않다"라 말씀하시던 장모님의 모습이 선하다.

늦게 퇴근하는 사위를 위해 준비한 배추 부침에 막걸리를 내놓으시면서 "자네는 앞으로 잘될 일만 남았다"며 희망을 말하시던 장모님의 모습이 아른거린다.

49재를 통해서, 되돌릴 수 없는 이별을 엄숙히 받아들이고, 이생의 삶 속에서 깊은 사랑과 함께 우리 부부에게 남기고 싶었던 마음과 바람을 일상에 담아 가기로 했다.

찾아온 이별, 이제 밝은 마음으로 받아들이기로 했다.

•

# 가족의 소통

초등학교 때를 회상해 보면, 내가 부모님과 나눈 대화는 그것을 대화라고 표현하기보다는 일방적인 훈계였다는 생각을 떨칠 수 없다.

가족구성원 간의 대화는 집안의 환경이 좌우하는데, 농경을 주업으로 하는 농촌에서는 조용한 침묵 자체가 대화를 대신했다.

중·고등학생 시절에 부모님과 주고받는 대화는 학업의 내용이 주를 이루었던 것으로 기억된다. 이 시기에 가끔 한 번씩 갖는 부모님과 대화는 성적표에 대해 결과를 알려드리는 수준이었다. 그리고 이런 시간은 대화의 시간이라기보다 자식이 고생하시는 부모님을 위해 내 자신이 할 수 있는 것이 무엇인지, 그것을 위해 내가 어떻게 할 것인지 생활 목표를 설정하는 깨달음의 시간이라고 표현하는 것이 적당할 것 같다.

고등학교 1학년 때였다. 토요일 저녁 반 친구로부터 저녁식사 초대를 받았다. 친구의 집이지만 이런 초대가 나에게는 처음 있는 일이라 긴장을 놓을 수 없었다. 친구 집에 도착했을 때, 친구 부모님이 부담스러울 정도로 친절히 대해 주셨고 농촌에서 자란 내게 정서적인 질문도 많이 하시면서 나의 긴장을 풀어주었다.

짧은 시간이었지만, 친구 집안의 화목한 분위기, 부모자식 간의 자유로운 대화 모습은 나에게 부러움의 대상이었고, 그때 이후 나는 가족의 소통에 대해 관심을 가지게 되었다.

세상 그 무엇보다 소중한 것이 가족이고 가족은 구성원의 행복을 위해 존재하는 것인데, 살면서 부모자식 사이에 이렇게 대화 없이 사는 것이 맞는 것인가?

평생 동안 부모와 자식 사이에 나누는 소통의 시간이 과연 어느 정도일까?

부모와 자식의 올바른 관계는 최소한 서로 의견을 나눌 수 있고, 사소한 문제도 같이 해결하기 위해 소통하는 것이 기본 아닐까?

가족 간의 소통을 부모의 역할에만 의존하지 말고 자식들이 중심이 되는 것도 현실적인 방법이 아닐까?

고등학생 시절에 이러한 고민과 의문을 간직하며 살아왔기에 그래도 그 이후의 삶 속에서는 부모님과 가능한 한 많은 이야기를 나누려 노력했고, 지금도 그렇게 노력하고 있으니 다행스럽다.

직업군인으로 살면서 어렵게 맞이한 휴가, 고향 부모님을 찾아뵈면 무엇을 할지 고민하다가 문득 부모님과 삼촌을 모시고 삼겹살 파티를 결심했다.

조금 늦은 시간이기는 했지만 삼겹살에 소주를 곁들이면서 조촐한 시간을 보냈다. 부모님이 자식들의 미래를 얼마나 걱정하고 계시는지, 군 직장 생활을 하면서 대인관계를 잘해야 하는 이유가 무엇인지, 근래 마을에 어떤 일이 있었는지, 가까운 친척들의 중요한 근황 등에 대해서 부모님과 삼촌은 친절하게 일러주셨다.

주로 이야기를 듣는 입장이었지만, 내게 주어진 기회를 통해서, 내가 왜 군인의 길을 택했는지, 앞으로 결혼은 어떤 여성과 언제쯤 할 것인지 등 필요한 이야기를 건넸다. 아마 이때 가진 가족 간의 시간이 어쩌면 부모님과 함께한 최장의 소통 시간이었을 것이다.

최근에 병마의 시달림에 고생하시던 어머님이 이생과 이별하셨다. 고향에 있는 사찰에서 49제를 마치고 상경하면서 이런 저런 생각을 하다가 나는 일상에서 어머님과 나누었던 이야기가 어떤 것이 있었는지를 회상해 보았다. 그런데 그렇게 뚜렷하게 생각나는 것이 없었다.

시어른 그늘 속에서 힘들고 고된 삶을 살아오셨기 때문에 어머님이 별도로 자식들과 모여서 대화를 나눌 수 있는 기회를 마련한다는 것이 어려웠다지만, 어머님과 아들 간에 기억될 만한 대화의 소재가 없다는 것에 너무나 당황스러웠다.

이런 기억과 사실 앞에서, 나는 더 이상 후회하지 않기 위해서라도 가족과 가족 구성원 사이의 소통 문화를 차근차근 만들어 가기로 결심했다.

기업의 소통 문화에 대한 초청 강연이 있었다.

초빙 교수님은 기업의 소통 문화는 결국 각자가 주체가 되는 가족의 소통 문화와 직결되어 있음을 강조했다.

강연이 끝나고 별도로 가족의 소통 문화에 대해 자유 토론의 시간을 마련했다.

"가족의 소통 문화가 개인에게 어떤 영향을 미치는 것일까?"라는 토의 주제를 중심으로 자유토론 형식으로 진행하였는데 우리는 예상치 못한 많은 의견을 공유 수 있었다.

1. 아이들은 성장 과정 속에 부부가 중심이 되어 이끌어 온 가족 간의 소통 문화에 직접 또는 간접적인 영향을 받아왔기 때문에 기존의 소통 문화와 흐름을 벗어난 새로운 형태의 소통의 틀로 자녀들을 끌어

들이고 동화시킨다는 것은 어려운 과제이다. 그럼에도 불구하고 부모들이 이를 포기하지 않아야 하는 이유는, 시대의 흐름을 반영한 소통의 형태가 자녀들에게 현재와 미래에 적응할 수 있는 체득 기회를 제공할 수 있기 때문이라는 것이다.

2. 부모와 자식 간의 끊임없는 소통은 관계를 친숙하게 만들고 시간이 흐를수록 친숙함이 누적되어 부모는 나에게 엄한 존재가 아니고 자식의 위에 군림하는 존재도 아니며 오히려 자식을 중심으로 희생을 기꺼이 받아들이고 실행하는 존재임을 깨닫게 된다는 것이다.

3. 가족의 원활한 소통은 자녀들이 가족의 구성원으로서 각자의 위치와 역할을 스스로 인식할 수 있게 도와주며, 소통이 원만한 가정환경 속에서 성장한 자녀의 경우, 가족관계 속에서 자신의 욕구를 절제하고 상대방을 위하는 의식이 자연스럽게 내재화되기 때문에, 사회생활에서 직면하는 상황을 조화롭게 처리해 나갈 수 있다는 것이다.

자유토론을 통해서 확실히 인식한 것은 인간의 성장 과정에 소통의 기본 단위가 가족 구성원이고 가족의 소통 문화는 결국 자녀들의 성장에 있어 큰 영향을 미칠 뿐만 아니라 개인의 사회적 역할 영역과 연계될 수 있다는 것이다. 따라서 가족의 소통 문제는 누구에게 위탁할 사안이 아니라 가족 구성원이 중심이 되어 반드시 마련해야 하는 과제라는 것이다.

과거에 비해 소통의 중요성에 대한 인식이 확산되고 있고 이에 따른 소통 수단 그리고 방법 또한 다양해지고 있다.

그러함에도 불구하고 소통의 부재로 발생하는 반사회적 사건들이 하루가 멀다 하고 발생하는 것은 가족의 소통 문화에 대해 새로운 관심과 정책적인 접근이 절실히 필요함을 암시하는 것은 아닐까?

건강한 나라가 되려면 교육적인 요소가 다양하게 뒷받침되어야 하겠지만, 이와 병행하여 가족이 중심이 되는 소통문화를 창출하고 이를 사회 전반에 확산시켜 나가는 정책이 펼쳐져야한다. 그래서 우리의 일상에 두 축이 제대로 작동한다면 머지않아 우리 사회에 미담이 싹트고 그것으로 채워지는 그런 흐름을 맞이할 수 있을 것이다.

가족의 소통은, 자녀들에게 가족 구성원의 사랑을 체득할 기회를 만들어 주는 것이고, 가족 사랑에 대한 공감대 형성은 인간 사회를 상호 신뢰의 사회로 이끌어 낼 것이며 그래서 이 사회가 밝은 빛으로 치유되어, 인간이 인간다움의 세상에 함께하는 것에 만족을 느끼는 흐름을 마련할 수 있지 않을까?

•

# 여름날의 슬픔

시골에서 태어난 나는 고등학교 시절 대구에서 유학했다.

단칸방에서 자취생활을 했는데, 손자 사랑이 남달랐던 할머니가 뒷바라지해 주셨다.

무더위가 시작되는 6월 어느 늦은 밤, 짧은 한숨과 더불어 눈물을 훔치시는 할머니의 모습을 우연히 뵙게 되었다. 연유를 알 수 없는 나는, 혹시 내가 잘못하지 않았는지, 내가 모르는 사이 다툼이나 속상하실 일이 있었는지 궁금했다.

할머니의 손을 잡으면서 오늘 무슨 일이 있었는지 말씀해 보시라 반복해서 묻자, 그때야 가슴 속에 담아두었던 이야기를 해 주셨다.

동족상잔의 전쟁, 2개월도 채 못 되어 낙동강 일대를 북한군이 점령하였고 낙동강을 최후의 저지선으로 삼고 치열한 전투가 벌어졌다.

마을에서 내려다보이는 낙동강을 건너 남으로 피난하지 않으면 가족의 생사를 장담할 수 없는 상황이었다. 할머니는 가족들과 험난한 피난길에 올랐고 아이들의 굶주림을 챙겨가면서 한참을 이동했다.

잠시 숨을 돌리려고 나무 그늘에 들어섰는데, 등에 업혀 있던 아이가 기척이 없어 내려서 살펴보았더니 이미 숨이 멈춰진 상태였던 것이다.

연합군의 인천상륙작전으로 전세가 역전되면서 북한군은 낙동강 전선을 포기하고 북으로 철수하기 시작했고 철수하는 과정에 주민과 피난민을 무자비하게 학살했다. 삼촌의 이야기에 의하면 우리 가족 중 일부도 총살당할 위기가 있었는데 철수에 급급한 북한군의 내부 사정으로 인해 가까스로 목숨을 부지할 수 있었다는 것이다.

전쟁 상황에서 딸이 제대로 먹지 못해 아사했다는 사실과 전쟁터 속에서 아이를 정성스럽게 보내지 못한 미안함이 할머니의 가슴에 한으로 남아 해마다 통한의 눈물로 이어지는 것이다.

어린 아들이 그놈들의 총구에 희생될 번한 아찔했던 무서운 기억들이 세월 속에 묻혀 잊힐 줄 알았는데 여름이 오면 슬픔과 죄책감 그리고 아이의 생각에 밤잠을 이루지 못하시는 것이다.

할머니의 눈시울을 대하면서 만물이 소생하여 짙은 푸름으로 채색되기 시작하는 6월, 더위가 기지개를 켜기 시작하는 초여름이 우리가 숨 쉬는 이 땅에서는 전쟁의 아픔이 있었던 계절로 기억되고 정도의 차이는 있겠지만 앞으로도 그렇게 기억될 것이라 생각했다. 그리고 초여름의 슬픔을 더 이상 슬픔의 계절로 남기지 않기 위해서 우리가 해야 할 일이 무엇인지 고민해 보았다.

아직 전쟁이 끝나지 않은 휴전 상황,

국가는 지금 당장 적의 도발이 있다 할지라도 단번에 기세를 잠재울 수 있는 강력한 힘을 갖추는 것이 1순위이고 다음은 이 전쟁이 정치적 이념을 중심으로 치러진 동족의 비극이었기에 이제 더 이상은 이를 이념의 상품으로 포장하거나 이용하는 분열적 행태만큼은 국민이 용서치 않아야 할 것이다. 여기에 전선에서 고생하는 장병의 노고에 감사함과 더불어 늘 함께하는 마음을 갖출 때, 슬픔과 분노의 여름날이 시원한 화합의 여름날로 거듭날 수 있을 것이다.

세월이 많이 흘렀다.

할머니가 간직하셨던 여름날의 슬픔과 아픔이 좀처럼 나아질 것 같지 않은 우리의 현실은 오늘도 계속되고 있다.

•

# 생일

생일 하루 전날이면 어머님은 어김없이 전화하시어, “둘째야, 내일이 네 생일이네, 무엇보다 건강을 먼저 챙기면서 생활하라”고 말씀하셨다.

이때마다 나는 “엄마, 저를 낳고 고생하시면서 이렇게 풍족히 키워 주시어 감사하고 엄마의 아들이라는 것이 너무 자랑스럽다”라고 마음을 전했다.

생일에 대한 의미는 가족 내부의 환경 변화와 연령대에 따라 달라질 수 밖에 없는 것임을 느끼게 되었다. 생일날에 어머니의 따뜻한 목소리를 들을 수 없음은 가장 큰 환경 변화이고 가슴 먹먹한  그리움이 함께 한다.

초등학교와 중학교 시절에는, 어머님은 아침 밥상에 아들 밥그릇에 흰 쌀밥을 가득 채워 오늘이 생일날임을 알려 주었고, 축하한다는 말 대신에 많이 먹고 아프지 말라고 말씀하셨다.

고등학교 시절에는 도회지에서 자취생활을 돌봐 주시던 할머니께서 어머니의 역할을 대신하셨는데, 생일날 아침에는 등교 전에 아침 밥상을 거하게 차려 주시고 특별한 도시락 반찬을 챙겨 주셨다.

어머님의 생일 챙기기는 결혼 후에도 계속되었다.

결혼하여 가정을 이루고 살아가는 아들이지만 어머님은, 생일 하루 전날 며느리와 통화해서 미리 보낸 용돈으로 맛있는 것 준비해서 가족들과 좋은 시간 보내라며 마음을 전하셨다.

그럴 때마다 자식에 대한 어머님의 깊은 사랑을 깨닫게 되었고, 가족의 참된 의미가 무엇인지를 자각하였다. 이제 자식에게 베풀었던 감사함을 빙산의 일각이나마 어머니께 되돌려 드리고 싶지만 그렇게 할 수 없다. 어머님은 아들의 마음을 기다리지 않으시고 가정을 꾸린 자식들이 걱정 없이 잘 살아갈 것이라는 평온한 믿음을 간직하신 채 이 생을 떠나셨다.

어머니가 어린 자식의 생일에 대해 느끼는 심정은 어떤 것일까?

그것은 고통과 함께 출산한 자식을 회상하시면서, 자식이 어려운 생활환경을 헤쳐 나갈 수 있도록 당신의 모진 희생을 결심하는 날 그리고 약속하는 날이라 생각한다.

결혼하여 가정을 꾸리고 살아가는 자식의 생일에 대한 어머니의 심정은 어떤 것일까?

그것은 어머님의 끝없는 정성으로 자식이 가정에서 당당한 위치를 굳히고 살아가길 기원하고, 어릴 적 자식에게 베풀지 못했던 사랑을 태어난 손자와 손녀에 대한 내리사랑으로 가득 채울 것을 마음에 새기는 특별한 날일 것이라 생각한다.

노년에 자식의 생일날 어머니가 갖는 마음은 어떤 것일까?

그것은 강한 그리움 그 자체일 것이다.

고령의 어머님은 배앓이로 낳은 자식을 위해 무엇을 할 수 있는 것이 더 이상 없다는 사실, 가능하지 않다는 사실을 어렴풋이 알고 계신다. 그리고 더욱 서글픈 것은 그렇게 고통 속에 얻은 자식의 모습이 날이 갈수록 희미해지고 잘 못하면 그 모습조차도 기억에서 지워질 것 같아 불안해 하는 모습, 그것이다.

어머님은 오로지 한 번이라도 더 보고 싶고 만져 보고 싶은 그리움을 무기로 살아가야 하기에 자식의 생일은 축하가 아니라 그리움이고 만남으로 성사되길 바라시는 그래서 자식이 기다려지는 날인 것이다.

어머님은 아들 마음에 그리움을 남기신 채 좋은 곳으로 떠나셨고 생일인 오늘 내 곁에는 외손녀가 자리를 함께하였고 외손녀는 귀여운 모습으로 생일 축가를 부르고 또 불렀다.

지난날 어머님이 그러하셨듯이 나도 이제 내리사랑을 행하는 날이 다가와 있음을 느끼는 시간이었다.

가족이 모인 자리에서 그 옛날 어머님이 생일날 마련해 주셨던 정이 넘치는 생일 풍경과 추억을 자식들에게 들려주었다.

세월이 흐르면 흐를수록 내 생일 또한 오로지 자식에 대한 그리움을 간직하는 외로운 시간으로 남겨지지 않을까?

그 언젠가 찾아올 그 날이 최소한 소외와 외로움이 아닌 아가와 같은 해맑은 웃음이 함께하는 날이 되도록 용기 내어 살아보는 것은 어떨지.

# 3 / 삶의 언덕길

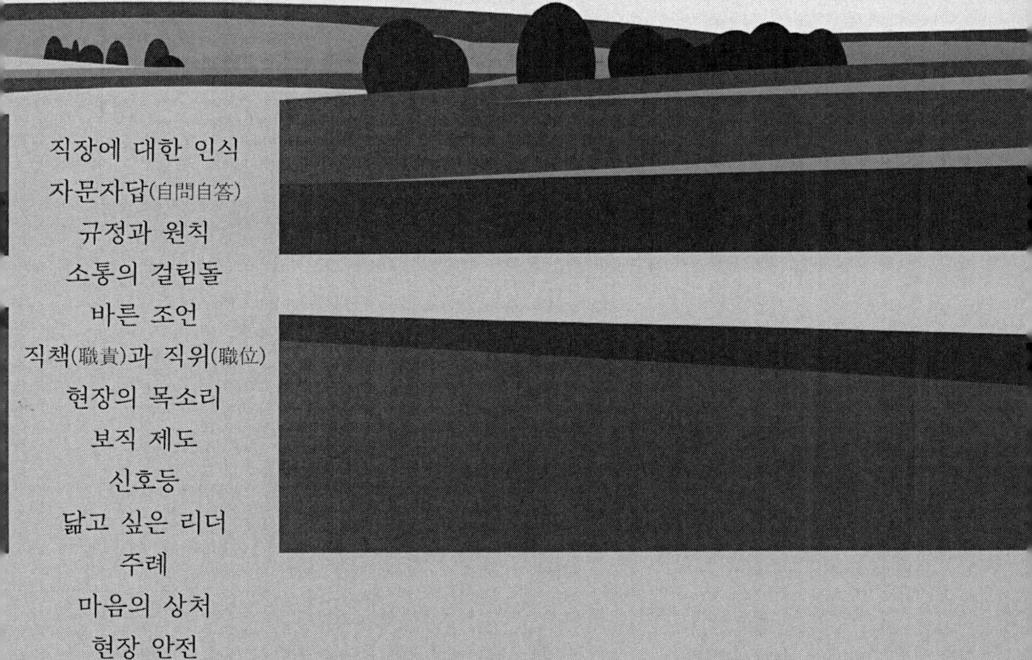

•

# 직장에 대한 인식

아니라고 주장해도 틀림이 없는 것은, 회사는 나의 삶에 전부는 아니지만 중요한 영향을 미치는 곳이라는 사실이다.

회사와 개인이 맺은 근로 계약을 기초로 회사는 개인에게 근로 기회를 제공하고 이와 병행하여 끊임없이 근로 환경과 조건을 개선하여 삶의 현장에서 개인이 스스로 근로 가치를 창출하고 이를 즐길 수 있는 여건과 환경을 제공하고 있다.

또한 개인의 근로 대가에 대해 가능한 한 공정한 소득분배를 보장하고 있으며 최근에는 개인의 건강 관리권도 챙기고 가족을 위한 복지제도도 운영하는 등 선도적이고 건강한 역할을 하고 있다.

또한 사회적 동반자로서 회사는 호흡을 함께하기 위해 사회적 책무의 비중을 높이고 있다. 가능한 한 매년 일정 규모의 일자리를 창출하고 사회적으로 소외된 계층에 대해 기부와 봉사 활동을 활성화하고 있으며 최근에는 교통사고로 어려움을 겪고 있는 가족을 상대로 지원활동도 확대하고 있다.

자동차 제조업은 국가 경제에 있어 큰 축을 담당하는 업종이기에 국민적 신뢰를 바탕으로 세계적인 경쟁대열에서 살아남기 위해 외풍에 견딜 수 있는 경영 체계와 절대적인 경쟁력을 갖추기 위해 노력하고 있다.

치열한 경쟁 대열 속에서 전개되는 경영층의 노력을, 단순히 이윤을 창출하기 위한 활동으로만 바라볼 것이 아니라, 만약 자동차 제조업이 경쟁에서 밀리면 계열사는 물론 자동차 업계에 연관성을 유지하고 있는 수많은 사람들이 삶의 터전을 잃고 생계에 큰 타격을 받는다는 점 즉 기업이 사회 생태계 유지에 기여하는 역할을 주목할 필요가 있다.

우리는 이와 관련된 사례들을 직접적으로 또는 간접적으로 경험하였고 그래서 걱정과 긴장을 뒤로 할 수 없는 것이다.

2009년, 미국 국민기업으로 10여 년 동안 선도적인 역할을 해 왔던 GM이 금융 위기를 극복하지 못하고 그해 6월에 상장을 폐지하고 법정관리에 들어갔다.

자동차 산업의 상징 도시인 디트로이트 시티는 GM 몰락으로 도시의 기능이 마비되었고 결국에는 파산을 선언했다. 그 여파로 인해 도시 내에 있던 8만여 주택 및 상점이 주인 없이 방치되면서 유령의 도시로 빠르게 전락하였고 중산층의 대다수가 도시를 이탈하여 경제의 흐름이 중단되었고 민심 악화와 더불어 삽시간에 우범지역으로 변했다.

왜 이런 사태를 맞을 수밖에 없었던 것일까?

GM 위기와 몰락에 대한 언론보도 그리고 경제 전문가들이 제시한 분석 자료를 통해, GM 위기는 수십 년 전부터 경영상의 폐단과 오류가 누적되는 가운데 계속 노출되다가 이제야 곪아 터진 것이며, 파산원인은 방만한 확장 정책, 노동과 경영의 충돌, 과도한 복지정책 등으로 확인하였다.

우리 회사는 GM의 상황으로부터 자유로운 상태일까?

자유로울 수 없다면 무엇을 준비해야 할 것인가?

물론 이에 대한 경영층의 고민은 깊고, 시대의 흐름에 편승해 리스크를 최소화하면서 지속 경영을 뒷받침할 수 있는 제도개선과 현장 문화를 마련하는 데 집중하고 있다. 하지만 경영을 통해 이끌어 내는 변화의 속도가 위기에 영향을 미치는 불안정 요소들이 결합하고 누적되는 속도보다 느리다는 것이 문제다.

만약 내게 회사의 위기관리 측면에서 취약한 부분이 무엇이고, 그것을 해소하기 위해 할 수 있는 것이 무엇인지 묻는다면 , 나는 망설임 없이 직장에 대한 모든 종업원의 새로운 인식 변화와 문제 해결을 위한 당당한 접근을 제시할 것이다.

어떤 회사나 조직을 막론하고 그것에 대한 인식의 변화는 생존 가능성과 지속성을 확보하는 데 있어 보이지 않는 도구인데, 가장 기본적인 것이지만 일상적인 노력이 따르지 않으면 시대적 흐름에서 이탈할 수밖에 없는 가장 취약한 것이다.

최소한 직장에 대한 개인의 인식 방향은 상생과 공존의 틀을 지향해야 하고, 인식 수준은 공적 책임감이 개인의 의식에 내재화되어 협력적 마인드로 유지될 수 있어야 한다. 이것을 해석하는 입장이나 방향에 따라 오해를 낳을 수도 있겠지만 분명한 것은, 회사와 직장이 보다 안정적이고 지속성을 갖춘 삶의 터전으로 유지되려면, 이제는 개인의 역할에 시대적인 흐름을 반영하고 개인의 공적인 협력이 필수적인 시대임을 주장하는 것으로 이해하면 될 것이다.

개인의 변화를 이끌어 내는 노력이 일상화, 보편화 될 경우 비로소 회사와 종업원은 자유롭지 않은 경영의 위기로부터 최소한 자유로운 위치를 확보하고 다져나가는 대열에 합류하게 되는 것이다.

그렇다면 무엇부터 시작해야 할까?

나는 억눌린 개인의 정체성의 보완과 공적 협력 마인드를 이끌어 낼 수 있는 노력을 제안하고 싶다. 그리고 이를 위해 다음 2가지를 우선적으로 추진할 것을 권장하고 싶다.

1. 직장 내에서 자신의 존재감과 역할에 대해 스스로 긍정적으로 인식할 수 있도록 프로그램을 개발하고, 기회를 부여하자.

많은 대화를 통해 내가 인지한 것은, 회사의 위상에 비해 개인이 유지하고 있는 직장에 대한 인식은 아쉽게도 과거의 부정적 잔상에 억눌려 있고 이것으로부터 벗어나고 싶지만 그런 기회가 주어지지 않는다는 것이다.

그 기회라는 것이 결국 감성적 터치라 생각한다.

자신이 책임지고 있는 업무 공정이 제품을 완성하는데 반드시 필요한 것이고 개인의 손끝이 엄청난 가치를 창출한다는 사실을 인식하게끔, 그래서 자신은 막연한 회사의 일원이 아니라 생산과정에서 높은 가치를 창출하는 비중 있는 존재임을 자각시켜야 한다.

변화의 물꼬만 트면, 개인의 의식에는 회사와 직장에 대한 새로운 긍정적 유형의 자부심이 자연스럽게 장착될 것이고 사업장은 순기능의 흐름과 문화를 마련할 수 있을 것이다.

2. 개인이 직장 생활 속에서 자발적으로 상생과 공존에 역할을 할 수 있게 공적인 참여의 마인드를 확보할 수 있는 프로그램을 개발, 제공하자.

회사는 종업원의 삶의 터전이며 개인의 소중한 꿈을 실현함에 있어 필요한 수단을 제공하는 곳이기도 하다. 이러한 회사의 역할이 일방적인 것이 아니라 쌍방적이고 상생적인 방향을 마련할 때 회사와 직장은 미래를 담보할 수 있는 공존의 터전이 될 것이다.

부분적이지만 삶의 터전에 잔존하는 인식 즉 직장을 삶의 수단이 아닌 목적으로 착각하고, 스스로 꾸려야 할 삶을 회사에 의존하는 듯 행동하는 현상은 회사의 미래 지속 가능성을 의심케 한다. 이러한 현상과 행동의 노출을 인지하고도 방치하는 것은, 회사와 직장에 대한 기본적인 예의를 저버리는 사고와 행위임이 분명하다.

인식과 의식의 문제에 대한 처방전을 마련할 때는, 기본적으로 미래의 어떤 시점을 준비한다는 사고로 접근해야 하고, 종업원을 대상으로 회사가 진정성과 공식성을 가지고 당당하게 그리고 지속적으로 추진해야 한다. 즉 회사는, 우회적이 아니라 직접적인 대면을 통해, 직장에 대한 개인의 착한 인식과 역할이 절실히 필요함을 공식적인 채널과 방법으로 꾸준히 알려내고 이를 통해 개인의 마인드 중심이 제3자와 같은 관망이 아니라 당사자와 같은 참여의 마인드로 자리매김해야 한다.

위기의 그림자는 늘 우리의 빈틈을 노리고 있다.

하지만 그동안 소홀히 해온 현장 종업원의 위상을 함께 다듬는 노력과 병행하여, 새로운 시각과 함께 개인의 정체성과 자부심을 공적 협력성과 상생 문화에 접목시킨다면 위기의 그림자에서 조금은 자유로운 회사 그리고 직장으로 자리매김할 수 있을 것이라 믿는다.

•

# 자문자답(自問自答)

인간이 살아가는 데 있어 피할 수 없는 것이 여러 가지 있겠지만 그 중 하나가 조직생활이다. 조직이 추구하는 목적에 따라 운영형태는 다양하지만 분명한 것은 수직적 구조가 현재로서는 보편적인 운영 형태이다.

직장 생활의 경우 대부분 수직적 구조 속에서 관계를 형성하는데, 개인의 욕구를 지배하는 직장 생활에서 우리는 생각해 보지 못한 다양한 상황과 난간에 직면하게 되고 이를 극복하는 과정에서 좌절하거나 심지어 진로를 바꾸는 경우도 있다.

우여곡절을 겪으면서 시작해온 직장생활이 꼭짓점을 향하고 있다. 지난 시간과 생활 과정을 복기해보면 내 자신이 어려운 상황에 봉착하거나 갈등과 위기를 맞았을 때 직장 선후배로부터 많은 도움을 받았고 그 도움에 감사한 마음을 내려놓을 수 없다.

상황마다 관심 있는 사람들의 조언이나 도움도 중요한 요소였지만, 내 나름대로의 특별한 것이 있었다면 그것은 다름 아니라 어려움이 닥칠 때마다 나에게 묻고 내가 대답하면서 문제 해결에 대한 새로운 의지와 용기를 얻었고, 당찬 결심을 했다.

날로 번창해 가는 회사의 성장을 지켜보면서 이 회사에 장기간 근무하고 있는 종업원들의 마인드는 남다를 것이며 자동차 제조의 기능인으로서 커다란 자부심을 간직하고 있을 것이라 기대했다.

그리고 인생 2막을 시작하는 내가, 자부심으로 가득찬 이들과 함께 한다는 것은 어쩌면 선택받은 영광이라 생각했다.

입사 후 6개월이 지나면서 차차 많은 직원을 알게 되었다. 그리고 평범한 생각으로는 해석하기 어렵고 억울할 정도로, 일부 직원들의 나에 대한 배타적인 태도와 언행은 충격이었다. 시간이 흐를수록 내게는 회사의 인적 구조와 문화에 대해 의문이 생겼다.

이곳에서 새로운 인생을 제대로 전개하기 위해서는 회피할 것이 아니라 보다 집요하고 적극적으로 접근하는 것, 그것이 정답이라는 것을 깨달았다.

친목의 시간을 보내는 자리에서, 직장문화에 적응하려는 내 의지에 도움을 주기보다는 습관적으로 내비치는 일부 간부사원들의 행태는 생각보다 심했다.

"글쎄, 당신은 아마 1년 넘기기 힘들 거야."

"신참이 노래 한 가닥 불러 봐."

"네가 뭘 안다고 과장들을 평가하는 거야."

세 치 혀에서 나오는 화살을 맞으면서 나는 인내심을 요구하는 직장에서 새로운 인생을 살아가고 있다는 사실을 깨달았다. 그리고 이런 상황이 있을 때마다 내 자신에게 질문을 한다.

이 정도 각오하지 않고 이 직장을 택했다면 내 자신이 문제 있는 것 아닌가?

관심이 없으면 비난도 없을 것인데 어쩌면 내게 고마운 존재가 아닐까?

현재의 상황은 새롭고 더 집요한 나의 노력을 요구하는 것 아니겠는가?

나 자신에게 던진 질문에 대해 차분하게 찾은 답변은,

'내 앞에 일어나는 모든 것을 긍정하고 긍정의 힘으로 현장의 친화력을 이끌어 내자'라는 것이었고, 이에 대한 끊임없는 실천과 주변의 지지가 인간관계의 폭을 넓힐 수 있는 계기를 마련해 주었다.

직장 생활 1년이 지나면서 나는 팀 내부에 존재하는 맹점이 무엇인지를 알게 되었다. 상대가 있는 업무를 제대로 수행하기 위해서는 조직이 일을 하는 체계를 유지하는 것이 생명이고 결속을 강화해 나가야 한다. 그러나 조직은 그러지 못했다.

사업장 생산 정보를 관리하는 체계는 허술했다. 단편적인 자료를 가지고 개인의 능력을 과시하고, 보고체계 또한 단계를 무시하는 오합지졸의 상태였다. 이로 인해 팀 내부의 갈등과 불신은 위험 수준이었다. 능력이 부족해서 무시당하는 것보다 조직의 허술함에 의해 무시당하는 것이 얼마나 위험한 것인지를 절실히 느꼈다.

위험신호를 해결하기 위해 나 자신에게 질문을 한다.

부서와 조직 중심으로 일하는 방법이 무엇인지를 제대로 인식하고 있는가?

부서 내 조직을 바른 방향으로 개선하고 이끌어 가기 위해 내 자신의 역할을 제대로 하고 있는가?

개인주의에 심취한 직원을 조직 중심의 틀로 결속하기 위해 어떤 노력을 하고 있는가?

공적인 업무자세를 벗어나 행동하는 직원들에 대해 내가 할 수 있는 것이 무엇인가?

이 질문으로 조직 내에서 나의 위치를 재확인하고 업무 추진에 있어 더욱 디테일한 면을 보완하는 계기를 마련하였다.

회사를 걱정하는 공적인 마인드가 없으면 결코 견딜 수 없는 환경 속에서 자신의 중심을 유지하기 위해 나 자신에게 묻고 또 묻는다.

나는 어떤 목표를 가지고 직장 생활을 하고 있는가?

나는 계획한 대로 제대로 성취해 나가고 있는가?

나는 업무 개선을 위해 최선을 다하고 있는가?

나는 초심을 잘 간직하며 살아가고 있는가?

이러한 질문을 통해 내가 이 회사에 존재하는 이유와 자신의 가치를 자각하게 되고, 인생의 목표를 향해 새로운 용기를 챙길 수 있었다.

직장 생활을 함에 있어 모든 문제 해결의 첫 단추를 끼우는 일은 개인의 몫이다. 왜냐하면 구성원간의 문제이든 조직 내의 시스템 문제이든 혹은 업무 영역과 강도 문제이든 그 해결의 중심에는 개인이 있기 때문이다.

자신이 접하게 되는 모든 일에 대해 회의적으로 보고 비판하면 상대와 그 조직에 애착을 마련할 기회를 상실하게 된다. 그리고 자신이 하는 업무에 대해 정체성을 명확하게 유지하지 않으면 직장 생활에서 개인의 꿈과 목표를 망각하고 살아갈 가능성이 높다.

진정 소중한 것이 내 인생이고 내 인생의 목표가 절실하면 일상에 일어나는 힘든 상황 속에서 스스로에게 질문하고 답하는 습관을 만들어 보자.

분명한 것은 그런 습관을 내재화하고 정기적으로 실천한다면 어느 순간에는 그것이 위기 속에 자신을 지키는 도구가 될 것이며, 몸담고 있는 조직과 회사에 위기가 닥쳤을 때 그 습관은 곧은 역할을 이끌어 내는 마력을 발휘할 것이다.

자신에게 질문하고 그리고 자신에게 답해보라.

그러면 있던 근심도 사라지고 없던 용기도 생길 것이며 그리고 자신에게 당당한 자신을 발견할 수 있는 기회를 안겨줄 것이다.

•

# 규정과 원칙

자신에게 부여된 업무를 수행함에 있어 가장 가치 있는 것 중에 하나는, 업무와 관련된 원칙을 준수하면서 일을 제대로 마무리하는 것이라고 생각해왔다.

업무를 처리하는 방법은 개인의 스타일과 능력에 따라 다를 수 있다. 하지만 얼마나 기준을 가지고 원칙의 영역 내에서 일을 처리하는가에 따라 회사의 내부적인 문화 형성, 회사에 대한 종업원의 인식에 직접적인 영향을 미칠 수 있다.

원칙을 지키며 업무를 처리하는 것은 너무나 당연한 정도이지만, 어려움이 수반되는 것이다. 편법적으로 업무를 처리하면 쉽게 할 수 있지만, 우리가 추진하는 업무가 한 번만으로 끝나지 않고 반복되거나 더 많은 사람과 연결될 수 있기 때문에, 다음에는 더 큰 문제를 야기한다.

규정과 원칙을 멀리하고 편법으로 업무를 처리하다 문제가 발생하면 그제야 원칙을 찾고 기준을 내세우지만 이미 때는 늦은 것이다.

원칙적인 입장으로 상대에게 요구해도 편법에 익숙한 상대는 원칙을 받아들이지 않을 것이며, 특히 급박한 상황에서는 원칙을 받아들이고 협력하기보다 집단적인 반발로 이어질 수 있다.

회사는 종업원의 복지제공차원에서 복지기금을 운영한다. 대부분 개인주택자금 마련을 위해 대출을 신청하고 대출 요건에 맞으면 지원한다. 아주 낮은 이자로 대출을 받을 수 있기 때문에 종업원에게 유용한 제도이다. 금전이 오가는 대출제도는 명확한 기준과 원칙이 적용되어도 잡음이 생길 수 있는 민감한 것이라 운영하는 관련자의 마인드가 정말 중요하다.

사내 복지기금을 운영하는 데 있어 항상 위험한 요소로 잔존하고 있는 것이 규정을 이탈한 대출 즉 인간관계가 개입되는 대출 행위이다. 기준과 원칙을 지키며 올곧게 근무하는 담당직원이 편법적 업무처리를 거부하여 곤욕을 치르는 경우도 있었다.

업무를 총괄하는 나는, 이런 업무 분위기와 환경을 정제하지 않으면 직원들은 서로를 불신하게 될 것이고 시간이 갈수록 현장에는 새로운 갈등과 혼란을 야기할 것으로 판단했다.

우선 모든 종업원에게 복지기금의 대출 원칙과 기준을 명확히 알리고, 실무자가 그 기준과 원칙을 한 치의 오차 없이 지켜 나가면서 업무를 수행할 수 있도록 심리적 환경과 여건을 조성했다.

조직의 존재가치를 제대로 유지하기 위해서라도 공적 자금을 대출하는 업무만큼은 한쪽으로 치우치지 말고 공정히 그리고 규정과 원칙의 틀 속에서 진행되어야 함을 명확히 했다.

대출 업무를 진행함에 있어 원칙을 지키다가 문제가 생기면 내가 모든 것을 책임질 것임을 밝혔다.

시간이 지나면서 담당자들 사이에는 업무를 추진하는데 있어 굉장히 의욕적인 분위기가 형성되었고 실무자를 배제한 비공식적 접근과 청탁 그리고 편법에 의한 대출은 자연스럽게 근절되었다.

모든 업무 처리에는 규정과 원칙이 따르게 되는데, 이것은 그 업무가 담당자에 의해 소홀히 취급되어 기본이 망가지더라도 필요할 때 업무를 제대로 재가동할 수 있는 원동력이 된다는 사실을 알아야 한다.

자신의 이익을 위해 직접 또는 간접적인 방법으로 규정과 원칙을 무시하는 행위자가 늘어나거나 그리고 이것을 방관하고 문제의식이 없는 직원의 분포가 높아지면 회사의 생존 불가능지수는 점점 높아질 수밖에 없음을 알아야 한다.

규정과 원칙은 지킬 때 의미가 있는 것이고 사업장 종업원의 절대 다수는 규정과 원칙을 소중히 여기는 회사가 되길 원하고 있음을 인식하자.

변명을 만들 용기가 있으면 차라리 원칙과 규정을 가까이 하는 용기를 챙기자.

좀 더 맑은 용기로 규정과 원칙을 중심으로 당당히 업무를 펼치자.

이것이 진정한 공적 자존심이다.

# 소통의 걸림돌

업무를 효율적으로 추진함에 있어서 우리는 상하좌우의 열린 소통 체계의 필요성을 강조하고, 어떤 업무를 마무리하고 사후 평가를 할 때 일의 진행 과정에 발생한 문제의 원인 중 하나로 소통의 문제가 거론되기도 한다.

사전적 의미로 소통이란 트여서(疏) 서로 통함(通)을 말한다.

부서나 팀이 업무를 추진함에 있어서 추구하는 방향과 방법 그리고 세부적인 기법에 대해 구성원 모두가 충분히 이해한 가운데 그것에 준하여 행동하고 활동하는 것이 곧 소통의 의미이고 가치인 것이다.

일상에서 조직 내의 소통을 확립하기 위해 노력해야 하는 이유는 여러 가지가 있겠지만, 가장 중요한 것은 조직이 업무를 추진하는 과정에 결속력을 이끌어 낼 수 있음은 물론 예상치 못한 결정적인 위기 상황을 맞을 경우 조직적인 협력을 이끌어 낼 수 있기 때문이다.

혹자는 조직 내 소통 문화는 리더의 개별적인 성격과 특성에 따라 결정될 수밖에 없다고 단정하기도 한다.

하지만 소통의 문화를 형성하는 데 있어 그렇게 단정하는 것은 섣부른 판단이라 생각한다. 왜냐하면 소통 문화는 조직과 조직원에 관련된 것으로 각자가 안고 있는 심리적, 환경적인 장벽을 지속적인 상호 접근과 노력으로 최소화하는 과정을 거쳐 마련되는 것이기 때문이다. 그리고 소통의 문화는 한 개인의 직위에 의존하는 일방성이 아니라 상호 간의 노력을 요구하는 쌍방성의 산물이라는 사실을 간과하지 말아야 할 것이다.

최근에 나는 소통의 걸림돌에 대해 새로운 생각을 할 수밖에 없는 상황을 경험했다.

새로이 취임한 경영층 인사와 사무실 직원 간의 만찬의 자리, 소통의 자리가 마련되었다. 약간은 들뜬 마음으로 만찬 장소로 이동하기 위해 준비하고 있는데, 상사의 지시로 오늘 만찬에 참석하는 인원들이 회의실에 모였다.

정해진 만찬 장소에 제때 도착하려면 남은 시간이 넉넉지 않은데 무슨 일로 갑자기 소집을 시켰는지 모두 궁금해 했다.

걱정스러운 안색과 더불어 회의실에 들어선 상사는 잠시 후에 있을 만찬 자리에서 직원들이 지켜야 할 예의 그리고 삼가야 할 언행에 대해 언급하였다.

만찬 자리에서 경영층 인사가 먼저 질문을 하지 않는 이상 참석자들이 먼저 나서서 무엇을 묻는 행위를 자제하고, 경영층 인사로부터 어떤 질문을 받으면 아주 기본적인 답변만 할 것을 주문했다.

특히 조직 운영에 관한 질문을 하면 그것에 대한 답변은 본인이 직접 나서서 하겠다는 것, 마지막으로 경영층 인사는 주량이 약하니 술을 받기만 하고 가능한 한 권하지 말 것 등을 언급했다.

만찬 장소로 이동하기 전에 있었던 이런 상황에 모두 의아해 했고 조직의 의사소통을 책임져야 할 상사의 소통에 대한 인식과 철학이 어떤 상태에 머물고 있는지 자연스럽게 확인하는 계기가 되었다.

직위의 높고 낮음이 마치 소통의 수준이고 소통의 능력인 것처럼 생각하고 인정했던 1980년대, 그 현상을 21세기 시대 속에 체험하는 느낌을 떨칠 수 없었다.

이런 경험이 있었기 때문일까?

나는 친구들과 아니면 지인들과 모임을 가지는 자리에서 항상 먼저 살펴보는 것이 있다. 그것은 다름이 아니라 모임에서 내 자신이 소통에 걸림돌이 될 수 있다는 점을 짚어보고 경계하는 그것이다. 그리고 그런 생각과 행동 자체가 원활한 소통 문화를 이끌어 내는 데 있어 중요한 역할을 하는 도구라는 것을 각종 모임ㅇ르 통해 입증하며 살아가고 있다.

혹자는 소통의 최고 상태는 대화 하지 않아도 상대의 눈 빛 그 하나로도 무엇을 요구하고 있는지, 무슨 도움이 필요한지 인지하는 수준이라 강조하다. 이 또한 소통의 걸림돌이 제거된 조직의 소통의 문화 속에서 기대할 수 있는 것임은 분명하다.

누구든 자신도 소통의 걸림돌이 될 수 있다는 사실을 잊지 않고 진정성을 바탕으로 조직 구성원과 함께 할 때 소통의 문화는 새로운 격을 창출하게 될 것이다.

소통의 걸림돌을 다른 곳에서 찾기 전에 내 자신일수도 있다는 생각이 곧 소통의 시작 아닐까?

•

# 바른 조언

생산현장 내에서 일반직 관리자들은 승진과 함께 많은 보직을 거친다.

회사의 수직적인 구조 내에서 직원이 상사에게 특히, 임원을 상대로 업무추진에 있어 발생하는 문제점을 속속히 밝히고 해결책을 마련하여 조언한다는 것이 쉬운 것은 아니다.

왜냐하면 내가 직언하고 조언하는 것이 아무리 선의적인 내용이라 하더라도 그것을 받아들이는 상사의 마인드에 따라 오해를 받을 수 있고 이로 인해 조언자는 생각보다 심한 불편함과 마음의 상처를 입을 수 있기 때문이다.

그러나 조언하는 직원이 곁에 있는 조직은 최소한 위기의 상황에서, 문제를 해결하기 위해 돌파구 마련이 필요한 상황에서, 앞으로 닥칠 수 있는 상황을 예측하고 대비하는 데 있어 결정적인 묘책을 확보할 가능성이 높다.

개인의 리스크가 있을 수 있지만, 조언을 하려고 나서는 것은 누구보다 회사와 조직에 애착심이 강하고 조직이 안고 있는 취약점과 이를 해결할 수 있는 지향점이 무엇인지 고민하는 직원일 것이라 확신한다. 그리고 상사에게 조언을 결심할 때는 상사의 환심을 사는 차원이 아니라 최소한 조직과 회사의 미래를 반영하고 통상적인 관념을 벗어난 특유의 철학이 함께 한다는 것을 알아야 한다.

노사 간의 협상이 한창 진행되고 있었다. 상호 신뢰를 의심하는 사안이 발생하여 갑자기 협상이 중단되고 생산을 거부하는 파업으로 회사가 위기에 몰렸다.

상대의 주장에 의하면, 회사가 종업원의 임금을 다루는 협상 테이블에서 의도적으로 종업원의 연간 근로 시간의 데이터를 조작했다는 것이고, 상호 신뢰가 없는 상황에서 협상을 더 이상 진행할 수 할 수 없다는 입장을 밝힌 것이다.

진퇴양난의 상황에 처한 경영층의 고민은 깊을 수밖에 없었고, 해결책을 마련하기 위해 의견을 수렴하는 등 다양한 방법을 모색했다.

고민이 깊어가던 어느 날, 현장을 담당하는 팀장이 현장의 여론과 상대 측의 분위기를 반영한 해결방향을 경영층에 다음과 같이 제안했다.

가장 중요한 것은, 회사가 진솔한 태도를 보이는 것인데 이를 위해 회사가 제시한 수치에 오류가 있었던 것을 조금도 포장하거나 숨기지 말고 상대측에 설명해야 한다는 것, 그리고 상대측도 때로는 회사와 같은 실수를 할 수 있는 조직이라는 점을 강조하여 심리적 수용성을 이끌어 내야 한다는 점, 그리고 이것을 위해 노사 대표 가 공개적으로 나서야 함을 조언하였다.

다음 날, 공개적으로 노사 대표가 회동하여 솔직한 소통의 시간을 보냈고 중단되었던 협상은 정상적로 진행되었다.

나는 중단된 협상이 다시 물꼬를 트는 과정을 지켜보면서 결국 경영층에 필요할 때 조언할 수 있는 조언자들이 있었다는 사실에 조직을 높게 평가하게 되었고 더욱 중요한 것은 조언할 용기를 가진 자들이 접근할 수 있는 소통 환경을 유지해 온 경영층에 대해 희망적인 생각을 간직하게 되었다.

조언하는 자를 가까이하는 리더에게는 문제해결에 필요한 풍부한 아이디어가 제공되고 필요한 경우에는 목표 달성을 위해 조직원의 강한 결속력을 쉽게 이끌어 낼 것이다.

회사와 조직에 대해 아낌없이 조언하는 자를 가까이 하는 리더는 업무 추진에 있어 실패보다는 성공 확률이 높은 조건을 쉽게 마련할 수 있을 것이다.

조언을 아끼지 않는 자를 가까이 할 수 있는 리더의 용기는 결국 조직 내의 인적 신뢰를 구축하는 리더의 착한 역량이 될 수 있음을 명심하자.

회사를 위해 바른 조언을 생각하는 구성원이 보다 포근한 마음으로 접근할 수 있는 여건과 환경을 마련하는 것, 이 또한 미래를 예측하고 준비하는 데 있어 노력과 시간을 절약하는 현명함이 아닐까?

# 직책(職責)과 직위(職位)

직책(職責)이란 수행해야 하는 직무에 대해 부여되는 책임을 의미하며 사회학적으로는 역할로 표현하기도 한다.

한편 직위(職位)란 조직 구조상 명령, 권한, 책임의 정도에 따라 부여되는 지위를 의미한다.

일반적으로 공공기관이나 기업의 직장 생활에서는 직책의 중요도를 고려하여 직위(서열, 계급)을 반영한다.

사전적 의미로 보면, 직책에 어떤 직위로 보직되는 가는 조직 내에서 수행해야할 직무의 중요성, 책임의 정도 그리고 직무 수행을 위해 조직과 관련 부서를 대상으로 행사할 수 있는 권한의 필요성을 고려하여 결정된다고 해석할 수 있다.

회사든 공공 기관이든, 직책과 직위의 조화는 조직을 활성화 시키고 희망적인 업무의 결과를 마련하는데 중요한 것임은 분명하다. 그러나 그것이 조화를 잃어 오용되면 짧은 시간에 조직은 와해시킬 수 있다는 것 또한 인식해야 한다.

어떤 직책에 부여되는 직위는 직장 생활에서 직원들에게는 중요한 관심 사항이고 때로는 그것이 개인의 목표가 되기도 한다. 특히 직책과 직위가 조화를 이루고 그를 통해 부서 내 조직이 새롭고 높은 성과를 창출하면 조직원들은 그것을 리더의 자질과 덕목이라는 차원에서 조명하고 그것을 자신의 것으로 만들어 나가는 노력을 소홀히 하지 않는다.

나는 간혹 직책과 직위에 대한 잘못된 인식이 조직에 부정적인 영향을 초래하는 경우를 경험하며 이를 해소하기 위해서는 이에 대한 새로운 그리고 올바른 인식이 필요함을 주장해 왔고 지금도 그 주장에는 변함이 없다.

부서 직원은 새벽에 출근해, 야간에 모든 생산 현장에서 있었던 상황을 종합하고 분석해서 경영층에 제공한다. 그런데 한두 장의 보고서로도 충분하지만 상사는 가능한 한 많은 분량의 보고 자료를 요구하고, 팩스를 이용해서 모든 자료가 전송되면 이어서 경영층과 통화가 이뤄진다.

시간, 자원, 노력의 효율성을 확보하기 위해 새벽 보고 업무를 요약 보고 형태로 개선할 것을 반복해서 건의하지만 변화는 기대할 수 없었다.

1년 후 본사에서 내려와 실장 직책을 맡은 상사는 우선 직원들과 간담회를 진행하여 잘못된 관행과 업무 비효율 항목을 파악하고 개선 계획을 수립했다. 그리고 새벽에 운용하는 보고서를 양 중심에서 내용 중심으로 변경하고 요약형태로 개선하여 실행했다.

부서 직원에게 불필요한 시간과 노력을 절약하는 것이 어떤 것인지를 체험하는 계기가 되었다.

이런 사례를 직접 경험하면서 나는 직책과 직위의 조화 여부가 조직의 활성화, 업무의 성과를 결정짓는 결정적인 것임을 확신하게 되었고, 직책과 직위에 대한 직장인들의 새로운 인식전환이 어쩌면 새로운 일의 문화를 창출하고 조직원으로서 순기능적 역할에 기여할 것으로 생각하게 되었다.

직책과 직위에 대한 어떤 인식이 필요할까?

1. 직책과 직위에 대해서는 일단 공적인 영역 내에서 해석하고 받아들이는 자세가 필요하다.

만약 회사가 부여하는 직책과 직위를 경영층의 의도와는 달리 사적인 영역에서 해석하고 이것이 사적인 요소와 결합하게 된다면, 그 순간부터 조직과 조직원이 중심이 되는 업무 추진은 중심을 잃게 되고, 목표 달성의 완전성을 확보하기 어려운 국면을 맞게 될 것이다.

2. 직책과 직위에는 업무를 수행에 있어 리더가 역량을 발휘할 수 있도록 책임과 더불어 권한이 함께 호흡하고 있음을 인식해야 할 것이다.

직책과 직위는 별개의 것이 아니고, 직위는 직책을 완수하는데 있어 반드시 수반되어 조화를 이뤄야 하는 필수적인 요소라 생각한다.

예를 들어 아주 중요한 직책으로 선정해 놓고 이를 수행할 수 없는 직위로 보직한다면, 직책과 직위의 불균형으로 인해 조직을 대상으로 작동되어야 할 권한이 기능을 상실하게 될 것이고, 결국 직위는 직책의 무게감에 눌려 보직된 자가 제대로 능력을 발휘할 수 없는 결과를 낳을 것이다.

3. 직책에 필요한 직위로 보직된 리더의 언행은, 직장 생활 속에서 자신의 꿈을 디자인하고 담아가는 직원들에게 큰 영향을 미친다는 사

실을 인식해야 한다.

이를 인식하고 업무를 추진하는 리더는, 업무를 수행함에 있어 원칙과 규정, 합리성을 소중히 여기고, 조직이 중심이 되고 조직이 일을 하는 흐름을 유지해 나간다. 그리고 어려운 상황에 봉착하여도 모든 책임을 본인이 감수하려는 의지를 보이며 구성원들에 대해서는 오히려 격려를 아끼지 않는다.

만약 당신이 어떤 직책과 조화를 이루는 직위를 맡게 된다면 사전적 의미도 중요하고 그것에 충실해야겠지만, 숨겨져 있는 소중한 요소에 대해서도 간과하지 않았으면 좋겠다.

•

# 현장의 목소리

최근에 기업의 오너들이 현장 중심의 경영 활동을 강조하고 최고 경영층이 직접 나서서 현장을 살피고 챙기는 행보가 늘어나고 있다.

어쩌면 수직적 구조 중심의 경영으로는 시대적 흐름을 감당할 수 없는 환경의 변화를 제대로 인식하고 이에 부합되는 처방전을 마련하는 일련의 움직임이라 생각된다. 기업의 지속 가능성을 누구도 담보할 수 없는 중대한 위기를 맞고 있음을 표출하는 행보일 것이다.

TOP-DOWN 형태의 업무 구조 속에서 현장의 목소리는 경영에 있어 극히 부분적인 영향을 미쳤지만 이제는DOWN-UP 형태의 업무 구조는 현장의 목소리를 얼마나 정확히 듣고 치밀하게 접근하느냐가 경영의 성패를 결정하는 중대한 요소로 부각되고 있다.

아무리 좋은 정책을 기획하더라도 현장의 목소리를 반영하지 못하면 결국 사업장에서의 정책적 성과를 기대하기란 어렵다는 것을 나는 여러 번 경험했다.

현장 종업원과의 정서적 공감을 확보하지 못해 사업에 차질을 빚는 경우가 종종 있었다.

생산현장에 제조공정과 작업을 효율적으로 진행하기 위해 부품 공급시스템을 개선하는 투자사업을 추진했다.

현장에서 직접 근무하는 종업원들의 공감이 필요하고 새로운 시스템 도입에 따라 발생되는 근로환경을 개선하는 것도 중요한 요소인데, 이에 대한 사전 조치가 부실한 상황에서 사업을 진행하였다.

사업의 마지막 단계에서 회사의 일방적인 사업 추진에 대한 종업원들의 항의 즉, 사업 추진에 대한 현장 종업원과의 공감 부재, 근로조건 변화에 대한 대응책 마련의 부실 등에 대한 강력한 반발과 저지로 많은 손실만 안고 실패했다.

노사 간에 임금 교섭이 진행되고 있었다.

현장 종업원들의 사이에는 임금협상을 조기에 마무리하고 원활한 생산 체제로 전환하여 생산 만회를 하겠다는 분위기가 조성되고 있었다.

그런데 협상기간에 안전사고 예방 캠페인 활동의 일환으로 사업장 단위별로 교통안전 전시회를 추진하라는 지시사항을 접수했다. 노사

임금 협상이 진행되고 있는 현장의 상황과는 너무나 빗나가는 지시 내용이라 전시회의 시기를 조정할 것을 건의했지만 담당자의 답변은 변함이 없었다.

지시사항이 탁상공론의 표본이라는 생각을 하면서도 부서 나름의 입장을 존중해 사업장 내의 공간을 이용해서 축소된 형태의 전시회를 진행했다.

엄중한 협상 기간에 사업장 내에서 협상과 전혀 관계없는 전시회를 진행하는 것은 협상의 본질을 흩뜨리는 회사의 숨은 전략이고 상대에 대한 회사의 기획된 탄압이라 주장하며 물리적 항의를 했다. 좋았던 협상 분위기는 한순간에 불안한 상태로 전환되었고, 교통안전 전시회는 아무런 성과도 없이 회사의 사과 표명과 함께 종료되었다.

이런 상황을 통해 나는 현장의 목소리와 정책 추진과의 관계를 새로운 차원에서 고려해야 할 필요성을 인식하게 되었고 최소한 그런 변화를 이끌어 내기 위한 역할에 관심을 갖고 업무를 해 왔다.

현장의 정서와 분위기를 충분히 경험한 인원이 정책을 기획하는 부서에 보직할 때 회사는 현장 맞춤형 정책을 마련할 수 있고 현장을 상대로 추진하는 정책 또한 시행착오를 최소화 할 수 있음을 확신했다. 그래서 나는 함께 근무하는 직원을 본사에서 인사지원을 요청이 있으면 다소 부서 운영에 어려움이 있더라도 리스크를 내부적으로 감수하고 기꺼이 해당 인원을 지원했다.

사업장에서 본사로 자리를 옮긴 직원은 최소한 현장이 어떤 상태이고, 정책을 수립할 때 무엇을 고려해야 하는 지, 단계적인 목표 설정이 왜 필요한지 등 현장성을 알리고 이를 정책에 반영시키는 역할을 제대로 할 것이라 기대했다.

기대 이상의 역할을 하고 있고 지금도 그런 기대에는 변함이 없다.

회사마다 현장의 현실은 차이가 있다. 특히 우리 사업장은 조합원의 권익을 대변하는 노동조합 법인과 제대로 된 상품을 생산하고 판매해서 종업원의 고용과 복지를 이끌어 가는 회사 법인이 공존하는 곳이다.

경영과 노동이 공존하는 사업장에서 회사 정책을 순조롭게 펼치는데 있어 중요한 것이 현장의 목소리이고 이 목소리의 음색과 방향이 경영의 틀과 제대로 조화를 이룰 수 있도록 디자인하는 것, 그것이 어쩌면 이 시대의 경영 철학에 있어 중요한 요소임을 부정할 수 없다.

새로운 변화를 추구하기 위한 우리의 노력으로, 현장 종업원들이, 이번 사업은 현장의 목소리가 담긴 정책이니 다소 무리가 있더라도 수용하고 함께 해결해 보자는 분위기를 이끌어 내고 유지한다면, 이것이야 말로 불안전한 시대 흐름 속에 회사의 생존과 경쟁력을 담보해 낼 수 있는 수준 높은 경영의 상태 아닐까?

때로는 노사가 상생을 위해 서로의 주장과 입장을 양보하고 때로는 주체의 권리를 확보하고 유지하기 위해 원치 않는 충돌이 있지만 그래도 노조든 회사든 모든 정책과 주장의 출발점은 현장의 목소리에서 시작된다는 공통점이 있다.

명확해진 공통점을 토대로 상호 보완적 역할을 통해 대립이 아닌 상생의 그림을 마련하는 훈훈한 회사로 자리매김하길 간절히 소망한다.

•

# 보직 제도

인생 2막을 함께하는 사업장에서 늘 마음속으로 답답하게 간직하고 있던 것이다.

그것은 다름 아닌 간부사원(과장, 차장, 부장급 직원에 대한 호칭)이 현장 관리 업무에 시달려 자신의 존재감에 상처받는 인원이 늘어나고 있고 최근에는 주요한 보직을 기피하는 현상이 드러나고 이것이 확산되고 있는 현상, 그것이다.

사업장 내에 근무하는 직원들이 이러한 인사 환경에 처하기까지는 여러 가지의 원인을 나열할 수 있겠지만 근본적인 원인은, 사업장 내 생산 경영자들이 주요 보직 인원의 부재 상황에 대비해 예비로 인적 자원을 확보하는 것에 관심을 두지 않고 오로지 생산 일변도의 업무 처리에만 집중해 왔고 이러한 사업장 내부의 흐름이 반복되고 누적되어 지금과 같은 상황에 이른 것이다.

경영층의 특별지시로 나는 생산 현장의 간부급 사원(과장 이상)의 근무 환경과 여건 개선을 목표로 현장 진단을 하게 되었다.

간부사원의 직급별 면담, 사업장을 총괄하는 공장장 및 임원 면담, 설문 조사 등 다양한 스킬을 동원하여 최대한 솔직한 의견을 수렴하고 그래서 보다 정확한 상황과 실태를 진단하기 위해 집중했다.

간부사원들이 요구하는 내용 중에는 업무의 강도와 피로를 감안해서 현행 보직 수당을 개선해달라는 내용도 있었지만 가장 절실하게 요구한 사항은 다름 아닌 근무 여건과 환경에 대한 개선이었다.

사업장의 생산 보직 과장으로 임명되어 몇 년 정도 근무하면 다른 보직을 맡을 수 있는 순환적인 인사 시스템이 작동되어야 하는데 그것을 전혀 기대할 수 없다는 것이었다.

업무가 아무리 바쁘고 힘들어도 집안에 그리고 개인의 신상에 어떤 문제가 있을 경우 최소한 연차휴가를 사용할 수 있는 근무 여건은 보장되어야 하는데 그것 자체가 어려운 현장 상황이라, 남모르는 심적 고충을 앓고 있다는 것이다. 제조업의 특성을, 생산의 중요성을 이해하면서도 개인의 사기와 근무의욕에 직결되는 개인의 신변관리에 관심이 낮은 것에 대해 우려를 내려놓을 수 없었다.

진단을 통해 생산현장에 근무하는 간부사원들의 생활 실상을 확인할 수 있어 다행이었고, 가장 중요한 것은 물리적 근무 환경 개선이 아니라 심리적 인사 환경 개선이 우선적으로 추진되어야 한다는 것으로 결론을 내렸다.

나는 이러한 현장 인사 환경의 개선 방안으로 새로운 인력을 충원하는 것도 중요하지만, 현재 근무하는 인원을 중심으로 해서 문제를 해결할 수 있는 "이중 보직 제도" 도입을 대안으로 제안했다.

간부사원(갑)이 어떤 자리에 보직하게 되면 필수적인 업무와 보조적인 업무를 부여하고, 평상시 보직된 자는 두 업무를 원만하게 소화할 수 있도록 집중적으로 노력한다. 일정기간이 지나면 이에 대해 능력 점검이 이루어지고, 그 이후부터는 상황에 따라 적시적으로 적용하는 업무지원 형태의 제도이다. 즉 간부사원(을)이 업무를 할 수 없는 상황이 발생하면 지체없이 간부사원(갑)이 을의 업무를 추가적으로 대행하는 것이다.

물론 이 제도는 특수성이 있는 군 조직에서 운영하고 있지만, 회사에서도 간부사원이 대행 업무를 수행할 경우 업무의 비중과 근무 시간을 반영한 "인센티브제도"를 마련해서 보직제도에 통합하여 운영한다면 현장 간부사원의 문제를 부분적으로 해소시킬 수 있지 않을까?

•

# 신호등

회사 주관의 체육 행사가 있었다. 행사를 지원하는 직원들이 각자에게 주어진 업무를 꼼꼼하게 추진해서 행사는 계획대로 잘 진행되고 있었다.

점심시간이 임박한 시각, 음식을 준비하는 곳에서 소란이 일어났다. 지원업무를 총괄하는 팀장이 계획된 시간에 준비된 음식을 제공하기 위해 준비하고 있는 직원을 상대로, 본인이 요구하는 대로 움직이지 않는다는 이유로 폭력을 행사하는 소란이 발생한 것이다.

만약 한두 사람의 편의를 위해서 사전에 계획된 식사 시간을 앞당겨서 조정할 경우, 행사장과 식사 장소의 중복으로 혼란을 초래할 수밖에 없기 때문에, 담당 직원은 요청 당사자에게 설명하고 양해를 구했다. 그러나 당사자는 담당 직원이 자신을 무시한다는 생각과 더불어 폭행을 행사한 것이다. 개인 욕구가 공공성과 당위성을 침해하는 행위가 발생한 것이다.

경영층 그리고 외부인사들이 참석한 공식적인 행사장에서 기본상식으로는 어떤 이유를 찾을 수 없는 소동이라 폭행을 당한 당사자는 물론 행사지원을 하던 대다수 직원들은 심리적 충격을 받았다.

있을 수 없는, 어쩌구니 없는 행위를 한 가해자가 피해자에 대한 진정한 사과에는 관심이 없고 오히려 자신의 행위를 합리화하는 태도와 행동을 지켜보면서, 누구의 잘잘못을 떠나 이 사업장이 이런 수치스러운 행위를 수치로 인식하지 못하고, 심각한 것을 심각하게 느끼지 못하는 분위기 즉 구태적인 인사 환경에 갇혀 있다는 생각을 했다.

폭행을 당한 피해자가 자신을 보호하기 위해 기관의 도움을 요청한 것을 두고, 일부에서 이를 폄하하고 조롱하는 것을 목격하면서, 내가 몸담고 있는 이 사업장이 어쩌면 곧고 바른 주인의식 보다 편 가름하고 자신의 편만 쳐다보며 불의를 정의로 치장하는, 위험한 상황에 처해 있다는 인식을 했다.

공적인 행사장에서 사업장의 위상을 훼손하고 직원들에게 큰 상실감을 안겨준 폭행 사건은 당연히 행위자를 엄격히 처벌하는 것은 당연하고 일벌백계로 사업장에 새로운 인사 환경이 조성될 것이라 기대했고, 이를 통해 직위는 아래 직원에게 군림하는 도구가 아니라 업무를 위해 조직 중심으로 직원들을 결속시키는 도구, 책임이 따르는 도구임을 인식하는 계기가 되길 소망했다.

그러나 위중한 사건이 가벼운 처벌과 함께 조용히 정리되는 것을 지켜보며, 우리 일반직 관리자가 공적 자존감을 높이는 인사환경을 기대하는 것은 지나친 욕심이고 만약 혁신적인 노력이 함께 하지 않는다면 이것은 한낱 희망사항으로 남겠다는 생각이 들었다.

피해자가 같은 일반직 관리자라 해서 노출된 문제를 가볍게 생각하는 것은 아닌지, 같은 부류이기 때문에 직위로 모든 것을 해결하고 흠을 덮을 수 있다는 착각에 병들어 있는 것은 아닌지, 자신들의 일이 아니니까 발생된 상황에 대해 행위보다 직위에 비중을 두고 비판하는 것은 아닌지 의구심을 안게 되었다.

무엇을 어떻게 해야 할까?

여러 가지 처방이 필요하겠지만, 일반 관리자들에게 무엇보다 공적인 것에 당당할 수 있는 인사 환경과 조직과 사업장의 가치를 우선시하는 마인드가 균형과 조화를 이룰 수 있도록 획기적인 정책 개발과 실천이 선행되어야 한다.

그리고 회사가 위기에 처해 있을 때 마지막까지 함께 할 수 있는 존재가 일반직 관리자라는 사실을 생각의 중심에 두고 사적인 판단으로 일반 관리자에게 소외감, 모멸감을 안겨주는 행위에 대해서는 그 누구도 용서를 기대할 수 없는 확실한 선 그리고 조직의 성숙도를 마련해야 한다.

이번 사건을 통해서 우리 일반직 관리자들에 대해 그 위상이 현장의 문제를 소신을 가지고 해결해 나갈 수 있는 상태임을 명확하게 확인할 수 있었다.

그리고 장기간에 걸쳐 누적되어온 관행 중 가장 위험한 것 중 하나가 일반직 관리자에 대해, 같은 색깔이기에 더 소중한 관계가 아니라 반대로 생각하는 것에 익숙해져 있다는 것, 그것이다.

새로운 변화와 태도를 요구하는 적색 신호등으로 우리의 열정이 잠시 멈춰 섰지만, 멈추면 도태될 수밖에 없는 우리의 삶이기에 호흡 한번 크게 하고 당찬 마음으로 희망의 녹색 신호등을 마련하는 것은 어떠할지.

어쩌면 이것이 우리에게는 최고의 위안이고 치유방법이 아닐까?

•

# 닮고 싶은 리더

조직과 조직원을 진정으로 생각하는 리더는 언제나 자신감이 넘치고 모든 업무를 긍정적인 입장에서 받아들이고 또한 조직 중심으로 그리고 체계적으로 업무를 펼쳐가는 모습을 보인다.

왜냐하면 리더는 일은 조직력으로 하는 것이고 조직원들이 일할 수 있는 조건과 환경을 만들어 내는 것 그리고 결정적 시기에 자신이 결심하고 필요시 책임지는 것이 리더의 역할임을 잘 알고 있기 때문이라 생각한다.

자동차 제조업의 경우 사업 리스크 중 하나가 계획된 생산에 차질이 발생하는 경우이다. 고객이 주문한 자동차를 고객과 계약한 기간에 제공하는 것이 신뢰를 확보하는 요소이고 이를 제대로 뒷받침하지 못할 경우 고객의 이탈은 물론 이것이 누적되어 회사의 수익성에 큰 영향을 미친다.

회사는 고객의 신뢰를 유지하기 위해 주말에 특근(특별근로)를 계획하여 종업원의 자발적인 참여 속에 생산 활동을 하는데, 최근에 특근 참여율이 낮아 생산에 큰 차질을 초래하고 있다.

휴일 특근에 필요한 인력을 확보하고 운영하는 데 있어 불안한 문제를 근본적으로 해결하기 위해 모든 직원이 참석한 가운데 리더 주관으로 토론 시간을 가졌다.

리더는 주말 생산 특근에 대한 현황과 사업장별 문제점에 대해 참석한 모든 인원에게 명확히 공유하고, 문제를 근본적으로 해결할 수 있는 좋은 아이디어를 확보하기 위해 자유토론으로 진행되었다.

의견을 모으는 과정에서 리더는 제안하는 개인의 의견을 존중하고 특히 창의적이고 색다른 의견을 제시하는 직원에 대해서는 칭찬을 아끼지 않았고, 참석자들은 의견 제시에 있어 경쟁적인 모습을 보였다.

주말 생산 특근에 참여하는 인원에 대해 회사는 높은 임금을 지급해야 하는데, 그래서인지 이 부분에 대한 토의 분위기는 무거웠다. 하지만 제대로 된 주말 특근 제도를 마련하기 위해서 비용의 문제는 핵심적인 요소이고 이것은 리더인 본인이 경영층을 이해시킬 문제임을 언급하면서 타당성과 설득 논리를 마련할 수 있는 다양한 의견 제시를 요청했다.

토론은 거의 보름에 걸쳐 진행되었다.

이미 마련된 제도의 초안을 놓고 다듬어 가는 토론이 아니라 리더와 직원이 동일한 문제 인식 하에 문제를 하나씩 제거하면서 제로베이스 상태에서 대안을 마련해가는 형태의 토론, 정말 효율적인 그것이었다.

주말 생산 특근에 항상 부족했던 인력을 보강할 수 있고 그래서 생산과 품질 목표를 원만히 달성할 수 있는 제도, 그리고 인센티브 적용으로 특근 참가 인원에 대해 적절한 보상을 제공할 수 있는 현실성 있는 제도를 3개월간의 집중적인 노력을 통해 마련하였다.

생산 특근 제도를 마련하는 과정에 동참한 나는, 리더에 대해 그동안 일상의 인간관계 속에서는 접할 수 없는 특별한 그 무엇을 느꼈다.

리더의 열린 마인드와 탈 형식 중심으로 진행되는 자유토론은 참석한 모두가 자발적으로 의견을 제시할 수 있는 분위기를 형성하였고, 사소한 의견도 진중하게 받아들이는 리더의 자세는 문제해결에 필요한 다양한 아이디어를 이끌어 내었다.

토론과정에 특별한 의견을 제시하는 직원에 대해서는 칭찬을 아끼지 않는 리더의 자세는 토론에 활기를 불어넣었고, 절실히 필요한 것이면 그것을 포장하지 않고 경영층에 솔직하게 접근하는 리더의 문제 해결 모습은 모든 직원에게 큰 신뢰를 안겨주었다.

업무추진에 있어, 내 마음속에 늘 닮고 싶은 리더로 남아있는 상사가 회사와 조직을 이끌어 가는 한 회사에는 늘 희망과 성장이 함께하지 않을까?

•

# 주례

내가 무슨 주례를 보느냐고 정중히 사양했지만 또 다시 찾아와서 주례를 요청했다. 자신의 결혼 초청장을 건네며 모든 것이 다 준비되었는데 아직 주례 보실 분을 섭외하지 못했다는 이야기에 내 마음이 흔들렸다.

이런저런 고민과 변명을 하다가 나는 회사의 대표 자격이 아니라 인생의 선배 자격으로 주례를 맡겠다는 입장을 전달하였다.

결혼식 일정을 고려하면 1개월의 시간이 남아있다.

가장 고민스러운 것이 주례사를 마련하는 것이었다. 이렇게도 써 보고 저렇게도 써 보고 그리고 아내에게 주례사를 보여주기도 하고 주례 경험이 있는 친구에게 조언도 구해보고 그래서 얻은 결론은 주례사는 길면 길수록 결혼식장의 분위기를 지루하게 만드는 것이고 내용도 가능한 한 교과서적인 것 보다 부부에게 각인될 수 있는 간단한 내용이 좋다는 것, 그것이었다.

최종적으로 준비한 5분 분량의 주례사를 본 아내는 내용은 좋은데 주례사할 때 최대한 부드럽게 그리고 여유를 가지고 하면 금상첨화라 조언해 주었다.

살아가면서 힘들 때, 부부 연을 맺는 지금 순간을 항상 상기하면 큰 힘이 되리라는 것, 힘들고 어려울수록 부부가 마음은 물론 시공간을 함께하는 것이 참된 부부의 결정적인 덕목이라는 것, 상대가 나에게 무엇을 해주길 바라지 말고 자신이 먼저 나서서 상대를 위해 무엇을 해줄 것인지 고민하는 일상을 만들어 갈 것을 당부하는 내용을 담았다.

준비된 주례사를 새로운 삶을 꾸려갈 부부에게 전달할 그날, 결혼식 당일이 왔다.

내 결혼식에도 이렇게 신경 쓰지 않았는데, 주례를 치르기 위해 나는 용모도 복장도 그리고 목청 관리도 빠뜨리지 않았다.

예식장에 도착해 신랑 신부 부모께 축하 인사를 건넨 후 사회자와 예식 진행 시나리오를 확인하고 필요한 부분은 공유하고 조정했다.

잘할 수 있을 것이라는 자신감 보다는 정말 잘할 수 있을 지에 대한 의구심이 점점 크지는 가운데 준비한 주례사를 읽어 내려갔다.

그런데 문제가 생겼다.

읽는 도중에 조명등이 강하게 빛을 발하면서 시야가 흐려져, 주례사 원고를 계속 읽을 수 없게 되었다. 당황스럽고 어떻게 주례를 마무리해야 할지 걱정이 앞섰다. 나를 도와 줄 사람은 없다는 것이 분명한 사실임을 자각하면서 나는 임기응변으로 주례사를 보지 않고 그냥 원고의 내용을 생각하면서 하고 싶은 이야기를 이어갔다.

그리고 마지막에는 "오늘 이 자리에 함께하신 신랑 신부 양가의 일가친척, 친지 그리고 친구 여러분, 인생에 새로운 항해가 시작된 부부의 순항을 힘찬 박수로 응원합시다"라는 맺음말로 하객의 박수를 이끌어 내며 주례사를 마쳤다.

처음 주례를 맡아 준비하고 진행하는 과정에서 고민도 많았고 긴장도 많이 한 탓에 준비한 주례사를 잘 소화하지 못했지만 인생의 선배로서 미리 경험했던 결혼, 부부의 연을 맺고 아내와 삶을 꾸려 오면서 귀중하다고 생각해온 것을 주례를 통해 나름 정성스럽게 전달했다는 생각과 함께 이 경험을 소중히 간직하고 싶다.

새로운 인생의 여정이 시작되는 신혼부부가 항상 행복하고 희망이 가득 한 항해가 된다면, 어설프기는 했지만 주례는 두고두고 의미 있는 기록으로 남겨지지 않을까?

•

# 마음의 상처

삶과 함께하는 소중한 꿈을 새기며 오늘도 새벽공기를 마시며 사무실 등을 켰다.

아무도 없는 사무실을 나 혼자 지키는 새벽 시간은 보내야 할 오늘 하루에 새로운 희망과 의미를 간직하는 의미 있는 그것이다.

오늘 해야 할 업무를 디자인하고 현안으로 다뤄야하는 특별한 이슈를 어떻게 원만히 정리할 것인지 아이디어를 찾는 이 시간은 내 자신과 직장을 사랑할 만한 가치관으로 묶을 수 있는 소중한 시간이라 여기며 스스로 즐기고 있다.

오늘도 변함없이 내게 주어진 본연의 업무를 충실히 이행하여 경쟁의 틀 속에서 어려움을 겪고 있는 경영층에 유용한 정보를 제공하고 제조업 사업장에 내재되어 있는 시스템의 경직성을 완화하고 소모적인 일 문화를 개선하는 데 최선을 다하겠다는 각오를 다졌다.

업무에 집중한 지 30여 분 지났을까, 사무실 출입문이 요란하게 열리고 꽝 하는 소리와 함께 닫혔다. 이어서 고함과 더불어 상사의 흥분된 언행이 고요하고 아름답기까지 한 새벽 공기에 충격을 주었다.

도대체 무슨 일이 어떻게 못된 것일까?

무슨 영문인지 알 수는 없고 당황스럽지만 나는 상사의 언행에 개의치 않고 평소와 똑같이 예의를 갖췄다. 기대도 하지 않았지만 상사에 대한 나의 정중한 예의는 거절당했다. 새벽 공기를 가르는 살벌한 분위기에 심장 박동마저 요동치기 시작했다.

요란한 상사의 언행과 더불어 한바탕 스쳐간 소란에 대해 수수께끼 푸는 심정으로 귀책사유를 나에게서 찾으려 했지만 도저히 찾아낼 수 없었다.

하지만 눈칫밥의 경륜을 동원해서 생각해 보면 소란의 도구가 겨냥하고 있는 것은 나라는 것 그리고 평상시의 상사의 모습과 비교해 볼 때, 지금과 같은 수준의 감정 표출과 언행이라면 최소한 조직 전체에 영향을 미치는 사항과 관련 있을 것으로 예상했다.

잘못한 것이 있으면 이실직고하고 제대로 용서를 구할 수 있으면 좋겠는데 딱히 짐작되는 것이 없어 답답했다. 한편으로는 평상시 상사와의 관계, 내부의 인사 환경, 업무의 특수성 등 다양한 면에서 짚어 보았지만 내가 놓친 오점을 찾을 수 없었다. 만약 오늘 이 소동의 귀책사유가 내게 있다면 나서서 책임지겠다고 결심했다.

이런 경우에는 기다리는 것보다 나서서 행동하는 것이 정도라 생각하고 용기 내어 상사의 사무실 문을 노크했다. 예상대로 출입을 거절당했지만 나는 다시 문을 두드리고 허용과 관계없이 문을 열고 들어갔다.

그리고 내 심정을 밝혔다.

"저는 항상 회사의 조직을 우선적으로 생각하고 조직을 위해 최소한 최선의 노력을 하며 살아가고 있고 앞으로도 변함이 없을 것입니다. 짐작을 할 수 없지만 만약 제가 업무적으로 상사와 조직을 무시하는 행동을 했거나 업무 처리를 편파적으로 했다면 어떤 처벌도 달게 받을 것이며 직장 또한 그만 둘 것입니다"라고.

어수선한 시간이 지나면서 다수의 노력으로 오늘 새벽에 있었던 소란의 원인이 밝혀졌다.

아주 간단했다.

야간에 생산현장에서 수집된 경영정보를 경영층에 보고할 때 단계를 거치게 되는데, 어느 모사꾼이 공적인 정보를 개별적으로 악용하는 상황이 노출되었고 이를 두고 상사는 자신을 배제하고 정보를 남용한 자가 나로 오해한 것, 그것이 전부였다.

상사가 의심했던 것이 오해였다는 사실이 제대로 밝혀져, 한순간에 무너진 상하 간의 신뢰관계 그리고 이로 인해 발생한 조직의 경직된 흐름이 차분하게 회복되고 있어 다행스럽다.

당사자가 아닌 입장에서는 이런 경우를 두고, 뭐 직장 생활하다보면 누구에게나 한 번쯤 있을 수 있는 일이라고 가볍게 이야기할 수 있다. 그러나 나는 그렇게 받아들일 수 없다. 왜냐하면 일상에서 나는 누구보다 상사의 업무 스타일과 업무 추진력에 대해 긍정적인 생각은 물론 상사가 어쩌면 내 삶에 롤 모델이 될 수 있겠다는 확신과 함께 근무해 왔기 때문이다.

혹자는, 어쩌면 이번 일은 상사가 나를 아끼고 큰 호감을 가지고 있어 이참에 제대로 키워보자는 생각으로 표출한 전략일 수도 있겠다며 나를 위로했다. 말 같잖은 말 하지 말라고 입을 막지만 내심 그 말이 정답이었으면 좋겠다는 생각과 더불어 마음속 여진을 털어 내고 평상심을 찾으려 노력하고 있다.

상사를 위해 헌신적인 역할을 하는 직원보다 타인의 말을 너무나 쉽게 믿고 본인의 아래 직원을 의심했다는 것은 조직 중심이 아니라 개인 중심의 업무 환경에 우리가 머물고 있다는 것이고, 의심스럽고 혼란한 상황에서 감정에 휩쓸려 당사자의 해명 과정도 없이, 상사의 생각이 절대적인 진실이라고 믿고 행동하는 것은 수직적 업무 구조에서만 가능한 것이다. 어쩌면 우리는 수직적인 조직과 업무의 틀 속에서 예리하고 수직적인 마음의 상처를 주고받으며 소중한 일상을 보내고 있다는 생각을 떨칠 수 없다.

경영구조도, 소통구조도 시대적 흐름에 맞춰 미래 지향적 리듬을 타야 한다. 시대의 흐름은 수직과 수평의 장점을 접목시킨 새로운 삶의 형태와 리듬을 요구하고 있다.

수평과 수직이 조화를 이루는 새로운 리듬이 사업장에 마련될 때, 수직 조직의 일상에서 입은 마음의 상처는 치유될 것이고 누적된 모순은 새로운 창의적인 산물을 낳을 것이며 일상은 생동감으로 가득할 것이다.

그런 날을 기대하는 것은 절대 마음의 사치가 아니기에 지금의 수직 환경과 상처가 어느 시점에는 그리운 추억 꺼리로 남겨지지 않을까?

•

# 현장 안전

이른 새벽, 나는 꿈에서 헤매다가 벌떡 일어났다.

제조 현장에 근무하는 종업원이 리프트 설비에 의한 협착 사고로 긴급 후송되는 꿈이었다.

꿈은 그냥 꿈일 뿐이고 꿈의 내용은 현실과 반대라는 일반적 해석을 믿고 싶었다. 하지만 내가 평상시 꿈을 자주 꾸는 것도 아니고, 꿈에 나타난 장소가 일상에 익숙한 곳이라 그냥 지나치기란 쉽지 않았다.

곧장 출근하여, 모든 사업장에서 보고된 안전관련 정보를 확인하였다. 야간에 그리고 현 시각 기준으로 사업장은 안전관리에 특별히 식별되지 문제는 없었다.

이른 아침 시각에 팀장회의를 소집했다. 그리고 회의 속에서 새벽에 있었던 안전사고 관련 꿈의 내용을 공유하고 관련된 사업장에 대해 오늘 만큼은 집중적인 현장관리를 당부했다. 그리고 해당 공장장과 내용

을 공유하고 안전관리자의 집중적인 활동을 당부했다,

개인적인 염려와는 달리 오전도, 오후도 사업장 안전 관리에 특별한 이슈 없이 평온한 시간이 흘렀다.

결산회의를 통해 야간에도 현장 안전관리에 집중해줄 것을 당부하고 퇴근을 준비하고 있었다.

팀장이 놀란 기색과 함께 사무실로 들어왔다.

오늘 하루 긴장감과 함께 관리하던 사업장이 아닌 다른 사업장에서 물류 운반차 기사분이 설비에 의한 협착 사고를 당해 병원으로 후송 중이라고 보고 했다.

해당 사업장 안전팀장과의 전화 통화로 상황과 피해자의 상태를 확인했다. 병원 의료진의 소견에 의하면 환자가 협착으로 심한 골절상을 입었지만 생명에 지장이 없을 것으로 판단하고 있다니, 참으로 다행이었다.

사고 수습이 끝난 후 나는, 이번 사고를 안전관리 차원에서 재조명하고 예방 대책을 마련하기 위해 부서 간담회를 가졌다.

1. 협착 위험 작업장에는 IT 기능을 최대한 접목시킨 과학적 안전관

리 시스템을 새롭게 구축해야한다.

2. 협력업체와 운영부서 간의 소통의 경직성을 해결하여 작업장에 문제 소지가 발견되거나 예상되면 언제든지 연락해서 해소해야한다.

3. 안전관리의 취약 시간대를 분석, 설정하여 필요한 시간에 안전관리력을 집중시킬 수 있는 제도를 마련해야 한다.

4. 안전사고는 반드시 발생 이전에 징후가 나타나는데 이를 공유하고 대응할 수 있는 방안을 마련해야 한다.

다양한 의견과 아이디어가 쏟아졌다. 제시된 의견이 반영된 대책이 현장에 전개되고 있다.

이번 협착 사고에 대해, 나는 <하임리히>의 법칙 즉 "한 번의 중대 사고는, 스물아홉 번의 경미한 사고가 원인이 되고, 경미한 사고 뒤에는 삼백 번의 사소한 실수나 위반이 존재한다"는 내용을 대입시켜 분석하면서 사고는 사후대응보다는 사전 예방이 최선이 되어야 한다는 것을 확실히 깨닫게 되었다. 이를 위해서는 사전 징후를 포착하는 것이 선행되어야 하는데, 그 징후는 항상 우리의 일상에 존재하고 있고, 본인은 안전사고에서 자유롭다는 듯이 원칙의 틀을 깨는 개인행동, 이것이 어쩌면 가장 큰 징후가 아닐까 생각한다.

만약, 사고당일에 전사업장을 대상으로 내 꿈 이야기를 공유하고 현장 안전관리에 집중했다면, 사고의 사전 징후 포착에 도움이 되지 않았을까 하는 아쉬움을 내려놓을 수 없다.

# 4 / 희망의 둘레 길

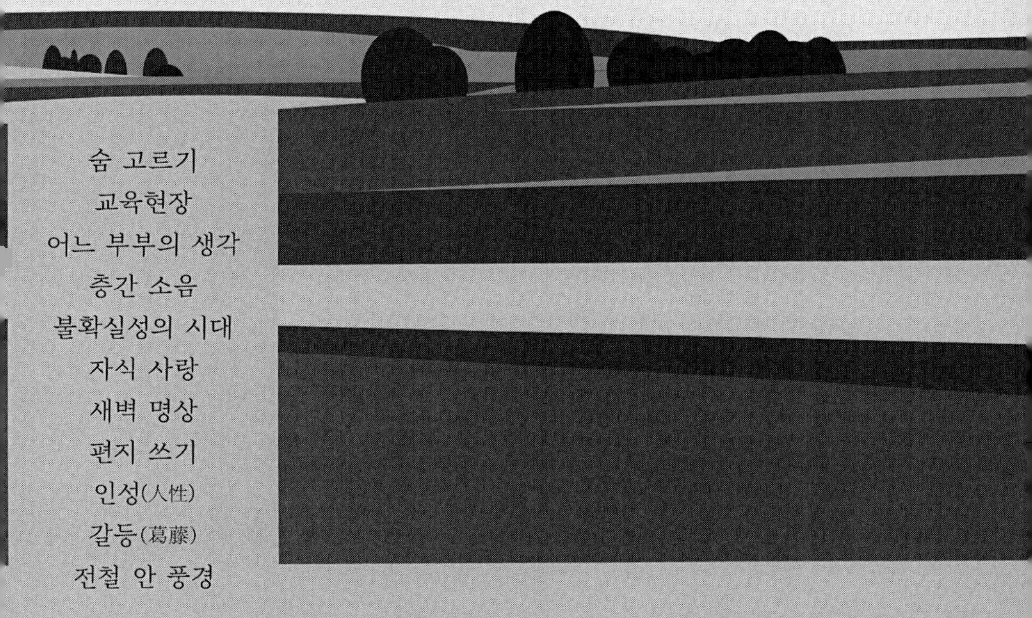

•

# 숨 고르기

설 명절을 앞두고 부모 형제 그리고 친지들이 기다리는 고향, 어린 시절 추억이 서려 있는 고향을 찾아 수많은 인파가 이동하고 있다.

복잡한 교통 사정으로 고향에 가는 길이 피곤하고 지루할 수도 있겠지만, 그리운 얼굴들이 기다리는 그곳을 찾아가는 기쁨과 설렘은 피곤함을 치유해 주고도 남음이 있을 것이다.

50대 초반, 인생 2막의 둥지이기도 한 자동차 생산현장에서 경영을 지원하는 업무를 수행하는 나는, 올 설에는 연휴 기간 근무와 가정 사정으로 고향에 가는 대열에 함께할 수 없게 되었다. 그래서인지 회사에서 준비한 귀향 버스에 몸을 싣고 떠나는 직원들의 모습이 오늘 따라 더욱 부럽다.

종업원들이 고향으로 떠난 사업장은 북적이는 움직임을 벗어나 이제 차분함과 적막감이 함께한다. 경영과 노동의 이해관계로 충돌하는 일상에서는 생각조차 할 수 없는 조용한 분위기에 나는 잠시 긴장감을 내려놓는다.

생산현장을 구석구석 둘러보면서 혹 안전에 위해요소는 없는지, 설 연휴 기간에 진행해야 하는 공사는 어떻게 준비되고 있는지, 공사 중 발생할 수 있는 사고 예방을 위해 부서에서는 어떤 준비를 하고 있는지, 공사 기간에 식사 제공은 준비되어 있는지 등을 속속들이 확인하고 사무실로 돌아왔다.

차를 마시며 일상에서는 느낄 수 없는 넉넉함과 함께 숨을 고르며, 허겁지겁 살아가고 있는 내 삶에 대해 복기하고 정제하는 시간을 가진다.

채용 면접 당시, 만약 채용이 된다면 회사를 위해 어떤 역할을 할 수 있냐는 질문에 나는, 회사와 조직을 위해 나는 열정적으로 살아갈 것이고, 이런 열정으로 관리직을 동화시키고 그들의 삶에 활력을 불어넣겠다는 소신을 밝혔다.

소신은 소신일 뿐이겠지만, 입사 후 지금까지 살아왔던 내 모습을 복기해 볼 때, 초심을 지키면서 그리고 초심에 부끄럽지 않게 열정을 다해 살아 왔다는 결론과 더불어 내 자신을 위로하고 싶다.

내 자신을 질책할 때는 항상 던지는 질문이 있다.

1. 삶을 살면서 정직하게 살아가기 위해 어떤 노력을 하고 있는가?
2. 일을 추진함에 있어 공적인 것과 사적인 것을 명확히 구분하는가?

3. 개인에 얽매이지 않고 조직이 일을 하는 분위기를 이끌어 가고 있는가? 그것이다.

이것은 직장 생활에 대한 나의 가치관이며 지향점이기도 하다.

직장 생활에 대한 개인의 가치관은 같을 수 없다. 개인의 가치관이 직장 업무와 연결될 경우 그 차이점으로 인해 간혹 상호 충돌하기도 하고 심지어 개인 가치관 자체를 무시하는 상사와 업무하면서 마음에 상처를 입는 경우도 있다. 하지만 그런 문제들이 발생할 때마다 소통을 통해 해결하였고 또한 소모적인 감정의 누적도 피할 수 있었다. 소통이 대인 관계에 절대적인 역할을 하고 소통의 다양성을 확보하는 것은 곧 대인관계의 폭을 넓히는데 반드시 필요한 것임을 익혔다.

내가 함께해 온 인간관계의 흐름을 생각해 보면, 입사 초기에 나의 삶을 시기했던 동료들이, 이제 내게 반드시 필요하고 소중한 조력자로 존재하고 있고, 개인의 영달을 위해 혼자 나돌던 선후배들이 이제는 제자리로 돌아와 조직이 일을 하는 문화를 마련하는 데 있어 뜻과 노력을 함께하고 있다.

시간의 흐름 속에서 개인의 가치관을 불의와 연결하지 않는다면 대인관계는 일정 테스트 기간을 거쳐 자연스럽게 형성된다는 것을 확신할 수 있었다.

동료 후배들이 내게 건네준 조언을 상기해 본다.

업무 처리에 있어 원칙과 규정을 중요시하고 지키는 것은 당연한 것이지만 경영과 노동의 갈등이 심각하고 사업장 내에 노사의 문제가 산적해 있는 상황에서 선도적이고 원칙적 입장에서 문제를 해결하려는 노력이 때로는 본인의 의지와는 상관없이 또 다른 문제와 충돌할 수 있다는 것이다.

또한 업무에 있어 불의에 대해 타협하지 않고 공적인 것과 사적인 것을 명확하게 구분하는 업무철학에 대해 많은 동료와 후배들이 긍정적으로 평가하지만, 사업장의 근무 환경과 오랜 세월 속에 누적되어 온 불합리한 관행을 타협과 생존의 도구로 삼고 살아가는 자들에게는 항상 나를 경계하고, 자신들이 불이익을 받거나 불리한 입장에 놓일 때 부당한 방법으로 덫을 마련할 가능성이 있다는 것이다.

위기가 있을 때마다 경험을 바탕으로 동료들이 일러 주는 진실한 조언은 사업장의 문제를 하나씩 그리고 건강하게 풀어가는 도구가 되고 있다. 이 정도면 해볼 만한 직장생활이라 생각했다.

시간의 흐름 속에서 멀어졌다 생각했던 동료들이 내 업무 영역에 호감을 가지고 찾아와 회사를 걱정하며 함께하고 있으니 이 정도면 이 직장에서 새로운 꿈을 디자인해 보는 것도 의미 있는 것이라 새겨본다.

혼자만의 조용한 공간에서 차를 마시며 그동안 잠시 잊고 방치해 둔 나 자신을 되돌아보며 숨 고르기를 하는 이 시간은 앞으로 끊임없이 밀려들 삶의 파고를 극복하는 새로운 용기를 마련하고 삶의 터전에 긍정적 역할을 나 자신과 약속하는 소중한 시간이다.

설 명절을 맞아 고향을 향하고 있을 고마운 동료, 후배들이 짧은 연휴 기간이지만 무거운 마음의 짐을 내려놓고 가족 친지들과 더 큰 행복을 마련하고 자식들에게는 정체성을 일깨워 주고 새로운 추억을 안겨주는 값진 시간을 보내길 기원해 본다.

## 교육현장

퇴근길, 학교 정문 앞을 지나가는데 노란 미니버스와 학부모가 직접 몰고 온 자가용이 즐비하게 늘어서 있었다. 항상 이 시간대에 일어나는 현상인데 오늘은 가던 발걸음을 멈추고 서서 학교 정문 앞에서 일어나는 움직임을 유심히 지켜보았다.

허겁지겁 정문으로 나온 학생들이 친숙한 듯이 학원버스에 오르고 일부 학생들은 부모가 기다리는 승용차에 몸을 싣고 이동한다.

하루 종일 진행되는 수업만 해도 학생들에게 버거울 텐데 끼니도 제대로 챙기지 못하고 저렇게 방과 후 학원을 가고 개인과외 수업을 받아야만 부모들이 안심할 수 있는 상황, 이것이 교육현장의 현주소라는 생각에 가슴이 먹먹하다.

경쟁적인 과외학습, 진정 학생들이 원하는 그것이라면 좋겠는데, 본인들이 바라는 것과는 반대라니 학생들의 처지가 너무 짠하다.

교육정책의 근본목적은 개인의 능력을 개발하고, 자질을 향상시켜 이를 토대로, 개인이 사회적으로 건강하고 단단한 공동체를 유지하는 역할을 할 수 있도록 이끌어 내는 것이다. 이러한 정책 실현을 위해 토양을 마련하는 것은, 미래에 국가경쟁력을 확보하고 유지하는 데 있어 중요한 분야임이 틀림이 없다. 그래서 교육은 백년대계(百年大計)라 강조하는 것이며, 이는 국가의 교육정책이 빈약하면 결국 국가의 미래는 보장받을 수 없다는 의미를 담고 있는 것이다.

자녀의 교육에 대해, 지나치다 할 정도로 부모가 열성적인 이유는, 교육 성취도가 자녀의 미래와 직결되고 또한 이것이 가족의 희망을 간접적으로 해소할 수 있는 무형적 가치가 함께하기 때문일 것이다.

그동안 교육 현장에는 환경적으로 그리고 제도적으로 다양한 변화가 있었지만 역기능적으로 문제가 심화된 것이 있다면 자녀 교육(특히 입시 분야)에 대한 과열 경쟁의 흐름 그것이다.

당신의 아이가 교육 과정에 충실히 해서 좋은 평가를 받아내고 원하던 대학에 진학해서 자신의 꿈을 후회 없이 펼치는 것, 그리고 사회에 진출해서 국가와 사회를 위해 중요한 역할을 하는 것은 모든 부모의 한결같은 소망일 것이다.

하지만 모든 부모의 착하고 소박한 소망이 담겨 있는 자녀의 교육

현장은, 생각하는 것보다 훨씬 심각한 혼란과 몸살 앓고 있다.

학교 교육의 질적 개선과 공교육의 정상화를 위해 관련 기관의 집중적인 노력에도 불구하고 비정형적인 사교육에 의해 발생되고 있는 폐해는 사회 갈등의 한 축이 되었다.

학부모 입장에서 학교 교육에 대해 서로의 의견을 주고받고 공유할 수 있는 토론 자리가 있었다.

교육과 관련된 전문가도 아니고 공감한다고 당장 조치할 수 있는 위치도 아니지만, 교육현장이 자녀들의 올바른 성장의 터전이 되고 참된 인성을 쌓아가는 공간이길 소망하고 공감하는 자리였기에 지금도 좋은 기억으로 남아있다.

학부모들의 의견은 다양했다.

1. 교육이 국가의 미래를 견인할 수 있는 위상을 갖추기 위해, 교육분야 만큼은 진위형 정치의 그늘을 벗어나 고유의 영역을 확보하고 유지해야 한다는 것이다.

왜냐하면 학교 교육의 문제가 정치 이념의 흐름과 논쟁에 연계되는 순간 아무리 좋은 교육정책도 결국 정치집단의 이해관계와 맞물려 교육본질에 부정적 영향을 미치고 특히 인간의 순수성과 전형성이 위협받고 훼손될 수 있다는 것이다.

2. 교육에 대한 학부모의 경제적 부담을 해소하기 위해 사교육의 흐름이 공교육으로 유입될 수 있도록 정부의 총체적이고 집중적인 노력이 수반되어야 함을 주장했다.

3. 공교육과 사교육의 갈등으로 몸살을 앓고 있는 사이, 교육현장이 좋아질 것이라는 기대감은 소멸되고 주인인 학생들마저 벗어나고 싶은 공간으로 여기는 현실이기에 공교육 정상화는 더 이상 미룰 수 없는 국가의 선결 과제임을 공감했다.

퇴근길, 눈앞에 펼쳐지는 교육현장의 이모저모를 지켜보면서, 일전에 토론 속에서 공유하고 공감했던 학부모의 소망들이 빠른 시일에 제대로 해소되어 학교 교육에 자녀들의 꿈과 희망을 당당히 실을 수 있는 그날이 오길 기원해본다.

•

# 어느 부부의 생각

복잡 다양해진 사회, 새롭고 다양한 의견 그룹이 형성되고 개인은 이와 연결되어 인간의 새로운 가치관이 아주 자연스럽게 생성되는 그러한 사회적 흐름을 우리는 함께하고 있다.

과거에 소중하게 여겼던 것들이 이제는 소중함의 정도가 덜해지고 심지어 그것 자체가 소멸되는 현상도 간혹 접하게 된다.

가깝게는 집안에서의 부모와 자식 관계가 그러하고 집을 벗어나면 스승과 제자 사이, 친구와 친구 사이에 유지되어 왔던 좋은 관계성이 시간이 갈수록 퇴색되고 있음을 우리 모두 느끼고 있지 않은가?

일상에서 인간의 본성이 훼손된 사건이 발생하고, 나날이 증가추세를 보이고 있는 현실은 결코 누구의 잘잘못이라고 따질 수 없다.

정부는 경제적, 물질적 성장을 국가 경영의 핵심과제로 선정하여 추진하고 있다. 이런 흐름은 인간다운 삶을 지탱함에 있어 필요한 인문

지표를 약화시키고, 인간의 삶에 취약한 부분을 채워주는 사회 관계망을 훼손시키는 상황을 초래하고 있다.

이를 해결하는 데 큰 몫을 하는 것이 교육이다.

교육의 역할은 현재의 사회 흐름을 기준으로, 미래에 닥칠 변화의 정도를 예측하여 미래 시점의 인간 사회를 순조롭게 견인할 수 있는 무형적인 대안을 마련하는 데 있다. 하지만 그렇지 못하다.

최근, 우리 부부 곁에는 마음을 터놓고 이야기를 나눌 수 있는 몇몇 이웃이 생겼다. 특히 두 딸을 가진 부부는 나이는 우리보다 10년 이상 아래지만, 자녀 훈육(양육)에 남다른 관심과 철학을 가지고 있었다. 그것이 우리 부부가 지향하는 철학과 유사했고 이를 통해 가족 간에 좋은 관계가 형성되었다. 지금은 친형제 자매 이상의 관계를 유지하며 살가고 있다.

요즘 학교현장에서 확산되고 있는 왕따 문화, 이로 인해 마음에 상처를 받고 일상의 궤도를 이탈하고 급기야는 목숨을 버리는 끔찍한 사건들이 자주 발생하고 있다.

최근에 사회적 공분을 일으켰던 유치원 유아학대 사건, 우리 인간들이 어쩌다 이렇게까지 비참한 주소지로 향하고 있는지, 행복을 추구하는 인간이 어떻게 이런 악마보다 잔인한 짓을 자행할 수 있는 것인지 대중적 분노로 시공간을 채우고 있다.

꿈을 키우고 희망을 노래해도 부족할 아이들이 사회적 병리현상에 희생을 당하는 소식을 접할 때면, 이런 사회적 병리에 연루된 문제를 근본적으로 해결할 방법이 무엇일까 고민하였다. 결국 모든 인간에게 인간다운 인성을 안겨주는 것, 그것 외에는 다른 방법이 없겠다는 확신을 갖게 되었다. 이런 확신을 갖는 데는, 초등학교 교육의 틀 속에서 어린이들에게 인성에 대한 올바른 인식을 내재화 시키는 것이 중요하다는 젊은 부부의 주장도 한 몫을 했다.

젊은 부부의 양육(훈육)의 철학은 이렇다.

1. 우선 양육(훈육)에 있어 시기를 놓치지 말아야 한다는 것이다. 부모가 양육에 최선을 다해도 그 결과는 반성해야 할 만큼 부족함이 있겠지만, 필요한 시기에 필요한 보살핌을 투사하는 것은, 아이들을 인지적, 정서적 결핍에서 구제하는, 부모의 최소한의 양심적, 인간적 보살핌이라는 것이다.

주변에서 간혹 대할 수 있는 학생들의 탈선 장면은 여러 가지 이유가 있겠지만, 가장 핵심적인 요인 중에 하나는, 결국 성장 과정에서 부모가 자녀에게 투사해야 할 관심 즉 손길이 부족했거나 적기에 그것을 제공하지 못한 것에서 비롯되는 것이라 강조했다.

2. 아이들의 생활은 바쁘고, 대체적으로 생활을 외재적인 요소에 의

존하기 때문에, 부모의 직접적인 학습 관여는 어렵지만 최소한 기회가 생기면, 그것을 절대 놓치지 말고 활용해야 한다는 것이다.

예를 들면 많은 사람이 사용하는 공간이나 시설에서 자녀가 잘못된 행동을 하면, 그것은 부모가 개입할 수 있는 양육(훈육)의 기회가 되는 것이고 이 기회를 잘 살려야 한다는 것이다.

이때 자녀를 다루는 부모의 태도와 방법이 정말 중요한데, 자신의 잘못된 행위를 인지한 아이는 그 순간부터 자신의 행위에 대해 응답할 부모의 처분을 기다리며 부모의 움직임을 주시하는데, 이때 아이의 예상과는 달리 부모가 차분하고 친절한 언행으로 아이를 대할 경우 아이와 부모 간에 새롭고 벅찬 신뢰가 형성되고 이후에는 자신의 행동을 자발적이고 적극적으로 자제하는 성과를 이끌어 낼 수 있다는 것이다. 이런 긍정적인 상황 대처를 겪은 아이는, 자신의 부모는 사랑과 관심이 넘치는 부모라는 확신을 갖게 될 확률이 높다는 것이다.

3. 가정생활 속에서 부모가 자녀들에게 기본적인 예의범절을 일깨워주는 것은 필요하다. 그러나 부모가 아이들과 대면해서 훈육하기에는 환경적 제한사항이 많기 때문에, 이런 환경에서는 부부의 모범적 언행의 노출을 통해서 즉 간접적인 접근으로 양육(훈육)의 효과를 이끌어 내는 것 또한 적절한 방법이라 강조했다.

4. 어릴 때부터 아이들에게 효도, 예의에 대한 덕목을 "해야한다"라는 강요하는 형태의 양육(훈육)은, 그 덕목의 필요성은 인식시킬 수는 있겠지만, 반복된 강요에 의해 무엇인가를 수용한다는 것을 자각할 경우, 자녀가 갖춰야할 순기능적 행동은 기대하기는 어렵다는 것이다.

5. 진정으로 자녀를 사랑한다면 직면하는 양육 상황에 보다 냉정하고 차분한 마음가짐을 가지고 응할 것을 주장했다.

특히 유년기에는 대인관계와 사회성을 조금씩 익혀 가는 시기인데, 누구의 잘잘못을 떠나서, 본인의 자녀 중심으로 상황을 해석하고 대응하면 결국 그것이 부메랑이 되어 자녀에게 고립적인 교우 환경을 안겨줄 수 있다는 것이다.

양육(훈육) 과정에 있어 반드시 지켜야 할 것이 무엇이고, 놓치지 않아야 할 것이 어떤 것인지 그리고 무조건적인 보호가 아니라 깨달음을 안겨줄 수 있는 부모의 차분하고 품위 있는 조치를 강조한 어느 부부의 자녀 양육에 대한 생각과 철학은 어쩌면 인간답게 살아갈 수 있는 사회적 환경을 만드는 데 있어 꼭 필요한 요소가 아닐까?

•

# 층간 소음

퇴근길에 아파트 통로에서 바로 위층에 사시는 아주머니를 뵙게 되어 서로 인사를 건네는 과정에서 이렇게 말씀을 하셨다. 집에 외손자가 와서 같이 지내고 있는데, 아주 요란스러워 아래층이 불편하지 않으시냐고.

결혼한 딸이 직장을 다니고 있어 외손자를 한 해 동안은 친정에서 돌보기로 했는데, 돌보는 것은 그렇다 치고 층간 소음으로 아래층에 민폐를 끼치게 되어 항상 마음이 무겁다며 미안한 마음을 전했다.

나는 생각지 않던 아주머니의 경우 있으신 말씀에 고맙기도 했고, 층간 소음 때문에 항상 가슴앓이를 하고 계시는 아주머니의 입장에 안쓰럽다는 생각이 들었다.

위층 아주머니께 나는 층간소음에 대해 확실한 입장을 전달했다.

우리 부부는 아이들이 뛰어 노는 소리를 들을 때마다 사람 사는 냄새가 제대로 풍기는 곳이라 생각하고 있고 아이들의 울음소리가 흘러나올 때마다 서울에 있는 외손녀를 생각하며 좋은 느낌을 간직하게 된다는 것을 그리고 층간 소음 걱정 때문에 귀여운 손자에게 스트레스 주는 일이 없으면 좋겠다는 마음을 전했다.

그런데 6개월 정도 지났을까, 이번에는 손자를 양육하시는 위층이 아니라 아래층에 사는 아주머니가 층간 소음 문제를 놓고 우리와 상의할 것이 있다며 찾아왔다.

내용을 자세히 들어 보니, 우리 집에서 발생되는 층간소음이 아니라 결국 손자를 돌보는 윗집과 연관되는 문제라는 것을 인지하였다. 위층의 소음에 직접 영향을 받는 당사자인 우리 부부도 특별히 문제없이 잘 지내는데, 직접 관계도 없는 사람이 층간소음 문제를 제기하면 아기를 양육하는 부모나 가족이 입을 마음의 상처는 누가 책임질 것이냐며 인성과 인정에 호소하고 설득했다.

특히 아파트 층간 소음으로 인해 이웃 간의 갈등은 갈수록 심화되고 있고 건축 공법을 보강하고 다양한 국민 홍보를 통해 계몽을 하고 있지만 좀처럼 변화의 시그날은 없고 오히려 극단적이고 비극적인 사건이 증가하고 있다.

층간 소음 문제를 해소할 수 있는 대안을 없을까?

층간 소음의 문제는 복합적인 원인이 결합되어 나타나는 현상으로 볼 수 있다. 경제적 급성장에 따른 사회적 집단적 이기주의의 급부상, 물질적 비중 확대로 인성적 부분의 소멸, 인구 증가에 따른 물량 중심의 주택정책으로 인해 노출되는 맹점 등 다양한 요소가 복합적으로 얽혀 누적되어 있다가 이제 폭발하고 있는 것이다.

사람이 사는 세상에 사람 간의 문제에서 시작된 것은 사람 간의 관계 속에서 해결할 수 있지 않을까?

1. 아파트라는 동일 주거환경 속에서 공공의 관계를 형성한 가운데 가족생활을 영위해 나가는 이웃 상호간에 우리의 의지와는 상관없이 막혀 버린 소통과 교류의 벽을 조금씩 허물 수 있도록, 지자체 주관으로 참여 중심의 제도를 마련하거나 새로운 관례를 마련해 보자.

시대적 환경을 무시할 수는 없겠지만, 과거에 유지되어 왔던 반상회 제도도 좋고 아니면 통로 단위의 Tea-Time 제도도 좋고, 다양한 소통 제도를 마련해, 이웃 상호 간에 뭔가 꽉 막혀 있던 인성적 장벽을 허물고 소통이 가능한 환경을 마련하는 것이 필요하다.

주거 공간에 발생하는 사회적 문제의 대부분은, 위아래 사는 이웃이, 집집마다 안고 있는 사정을 상호 공유할 수 없고, 설령 알고 있더라도 그것을 이해하는 인간적인 성의 자체가 미약하기 때문에 발생하는 것임을 우리는 잘 알고 있지 않는가?

2. 아파트라는 콘크리트 공간 속에서 발생하는 구조적 소음으로 인해 직접적으로 또는 간접적으로 인성적 피해를 입는 사람들이 소음으로 부터 자유로울 수 있는 건축 공법을 마련해보자.

앞으로의 사회적 흐름이, 아파트 공간이 단순히 주거의 공간이 아니라 재택근무의 공간 즉 직장 사무실의 역할을 병행하는 공간으로 운용할 날이 다가오고 있음을 고려한다면 이 또한 새로운 공법을 기대할 수 있는 부분이 아니겠는가?

3. 층간 소음 문제만큼은 인간이 중심이 되는 사회 공존의 틀을 마련한다는 차원에서 언론의 맑은 역할이 작동될 수 있도록 도움을 구하자 .

대중적 신뢰성을 중요시하고, 의식에 영향을 미치는 언론의 역할은, 문제 해결에 필요한 여론과 환경 조성 그리고  전국적 참여를 이끌어 내는데 절대적으로 필요한 것이다.

인성이 함께하는 세상을 절실히 바라는 국민 모두의 희망 사항을, 국민적 프로젝트를 완성한다는 맑은 생각과 함께 언론 활동을 추진한다면 성공적인 결과를 마련할 수 있지 않을까?

우리의 주거환경에 녹아 있는 검은 그림자, 인성적인 문제를 해결하기 위해, 전국적인 동참을 전제로 정부, 언론, 건축 분야의 노력이 조화를 이룬다면 층간 소음의 병폐는 일소될 것이며, 우리가 진정으로 원하는 이웃과 함께하는 주거의 밝은 문화는  곧 우리 곁에서 호흡할 것이라 확신한다.

•

# 불확실성의 시대

근래 들어 매스컴이나 각종 학술강의에서 가장 많이 회자되는 것이 '불확실성'이라는 용어다. 이 용어는 몇 년 전 회사 워크숍에서 처음 접한 용어인데 지금은 사회 전반적인 분야에 걸쳐 광범위하게 사용되고 있다.

과거에는 국가 경제(나라 살림)에 침체기가 있으면 회복기가 있었고 불황이 있으면 몇 년 뒤에는 호황이 따르는 그런 희망적인 흐름이 있었다. 그래서 대다수의 국가는 경제 성장을 위한 경제정책에 역량을 집중했고 그것은 국민에게는 희망과 신뢰를 안겨주었다.

그러나 이제는 이 분야에 대한 국민의 호응은 줄어 들고 갈수록 치열해지는 국제적 경쟁의 틀 속에서의 생존 가능성을 염려하는 목소리가 높아지고 있다. 국가의 경제 이익을 전제로 하는 무역전쟁의 대열에 있던 대다수의 국가가 성장의 포화 상태를 맞게 되었다.

더욱 심각한 문제는 상품의 개발주기의 단축, 새로운 상품 출시만이 기업이 경쟁력을 유지하고 생존을 보장 받을 수 있는 위협적인 상황에 처해있다는 사실, 그것이다.

지금 내가 사용하고 있는 것이 최신형이라 생각했는데 돌아서면 또 새로운 제품이 출시되는 경쟁의 세상이 온 것이다. 이제는 얼마나 많은 수요를 일으키고 적기에 공급을 보장하는 것보다 소비자의 다양한 요구에 즉각 응답하고, 고객 요구에 최대의 만족을 안겨줄 수 있도록 예측하고 접근하느냐가 기업과 국가의 경쟁력 유지에 핵심 요소가 되었다.

과학 발전과 IT기술의 접목, 다양한 상품 출시로 소비자는 어느 때보다 생활에 편의성을 제공받으며 살아가고 있지만, 성장의 포화 속에서 지속적으로 파생되는 수요와 공급의 불균형, 앞서나가는 소비자 요구의 다양성은 이에 부응하기 위한 국가 간의 치열한 경쟁을 부추기고 있다. 이것이 결국 경제 질서(상도덕 유지)를 붕괴시키고 경제 생태계에 불확실성을 가중시키는 결과를 초래하고 있다.

경제 생태계의 불확실성은 자연스럽게 지구 환경의 불확실성과 연결되고, 시간이 갈수록 인간의 생존성은 물론 지구 존립의 문제를 염려해야 하는 위협적인 불확실성으로 부상하고 있다.

지구 환경의 불확실성은 산업혁명에서 출발하여 대량생산, 과열된 생산 경쟁의 틀에서 지속적으로 누적되어 왔음이 분명할 것이다.

생산수단과 방법이 진화되면서 인간은 새로운 문명의 혜택을 누릴 수 있었고 이제는 그것을 벗어나서는 살 수 없는 환경에 놓여 있다.

하지만 불행하게도 우리 곁에는 재앙의 그림자가 찾아와 있었다. 대량생산, 대량공급을 위해 소모되는 에너지원으로 인해 발생되는 온실가스, 이것이 누적되어 지구의 숨통을 막는 상황이 발생한 것이다.

대기층 간의 공기 순환이 막혀 지구의 표면 온도는 증가하고 있고 이로 인해 세계 곳곳에서 나타나는 현상은 인간에게 충격을 안겨주고 있다. 북극의 빙하가 녹고 해수면이 상승하고 세계적으로 대형 산불이 빈번하게 발생한다. 홍수와 산사태 그리고 지진으로 수많은 사람이 목숨을 잃고 있다. 이것은 어쩌면 인간 세상에 대한 마지막 경고일 수도 있다.

기성세대 시니어 분들은 세상은 우리의 것이 아니라 미래에 태어나는 후손들 것이고 그들에게 더 좋은 세상을 안겨줄 수 있도록 끊임없이 노력해야 한다고 자주 이야기한다. 이제 걱정만으로는 더 좋아 질 것은 아무것도 없다. 그냥 세월 낭비일 뿐이다.

심각한 수준의 지구 환경의 변화는 태어나는 미래의 후손들이 숨조차 쉴 수 없고 각자의 생명과 건강을 누릴 권리조차도 보장받을 수 없는 불확실성을 안겨줄 것이 명확하다.

인간의 생존과 직결된 두 축, 경제와 기후환경의 조화를 만들어가는 세상의 노력이 절실한 현시점에 모든 국가가 친환경 중심의 제품을 내놓고 개발에 집중하고 있음은 일말의 희망이기도하다.

비영리단체 중심의 기후환경 보존 운동이 대다수의 국가가 가입하는 국제기구 설치를 이끌어내고 이를 통해 각국의 자발적인 노력이 증가하고 있어 다행스럽다.

늦다고 생각할 때가 가장 빠른 때라고 하지 않았던가?

방심으로 살아온 우리 모두가 미래 세대에 대한 죄인이라는 반성과 함께, 지구 환경의 위험성을 제대로 인식하고 누구의 눈치도 볼 필요없이 지구의 환원을 위해 실천하는 것, 이것이 필요하다.

생산 중심의 에너지 개발은 이제 환경 보존 중심의 개발로 전환되어야 하고, 소모와 소비 중심의 정책은 재활용, 재생 중심의 환경 정책으로 탈바꿈해야 한다.

불확실성의 시대에서 우리가 최소한의 행복을 누릴 권리는 이제 국가의 힘이 아니라 개인의 작은 실천으로 가능해 질 것이다.

지구 생명을 재촉해 온 것에 결코 자유로울 수 없는 우리는, 불확실성의 시대에 살아갈 수 밖에 없는 미래 세대를 위해 양심적이고 책임지는 자세로 깨끗한 지구 환원의 노력을 아끼지 말아야 한다.

땅을 파헤치고 수목을 잘라버리고 지하를 뚫는 개발부터 멈추자.

불확실성을 고민할 것이 아니라 경제와 환경의 조화로 그 불확실성을 진화하는 것에 집중하자,

우리의 살아있는 양심과 함께.

•

# 자식 사랑

누구나 자식을 낳으면 아이들이 누구보다도 올바르게 자라고 뛰어난 능력을 갖춰서 세상을 살아가길 바라는 것이 부모의 솔직한 심정일 것이다.

나는 가장으로서 아이들의 성장과정에 어떤 철학과 신념을 가지고 얼마나 진정한 마음으로 관여했던가? 아이들의 훈육에 있어 어떤 목표를 가지고 있었으며 그것을 이행하기 위해 노력했던가?

질문에 대해 고민해봐도 당당히 내세울 만한 특별한 마인드나 목표를 기억해 낼 수 없다. 그만큼 아빠로서 아이들에 대해 무관심했다는 것인데, 아이들 교육은 엄마의 몫이라는 생각이 그 원인임을 핑계로 삼고 싶다.

아내는 아이들 훈육에 대한 아빠의 역할은 단순하면서도 위엄을 유지하는 것이 가장 중요하다는 생각이 강하다. 자신이 감당하기 어려운 경우에는 간혹 내게 도움을 요청하는 정도였고 웬만한 것은 아내가 주도했다. 내 역할은 '정직'이라는 훈육의 틀을 만들어 놓고, 아이들이 그 틀을 벗어나면 무엇이 잘 못되었는지를 깨우쳐 주는 것이 전부였다.

아빠의 미미한 관심에도 불구하고 아이들이 모나지 않고 잘 자라준 것이 항상 고맙고, 이것은 분명 아이들에 대한 아내의 훈육과 가족철학이 큰 몫을 했을 것으로 확신한다.

엄마와 자식과의 관계에 대해 아내는, 아이들이 성장과정에서 제일 중요한 것은 부모 그중에서도 엄마의 사랑이라고 했다. 사랑은 조건 없는 내리사랑으로 그 순수함 자체가 아이들의 마음을 포근하게 만들고 개인의 가치를 형성하는 데 있어 중요한 작용을 한다고 믿었다.

또한 엄마의 사랑은 물질과 홍정할 수 없는 것이며 물질을 가지고 엄마의 사랑을 가식적으로 포장하는 순간 아이들은 그것을 정확하게 느끼고, 정도가 심할수록 한번 빗나간 아이들이 원래 궤도로 돌아오는 데 많은 고통이 따른다는 것을 확신하고 있었다.

아이들이 입는 옷가지에 대해 아내는 '화려하고 값비싼 옷을 걸치는 자체가 중요한 것이 아니라 엄마가 얼마나 정성을 들여 깔끔하게 입히느냐' 이것이 제일 중요하다고 믿고 있다. 왜냐하면 하루 종일 아이들의 피부를 둘러싸고 있는 옷가지는 아이들과 시간을 함께하며 보호해 주는 역할을 하는데, 여기에 엄마의 사랑을 담는 것 자체가 아이들과 소통하는 것이라 언급했다.

가족이라는 작은 울타리에 대해 아내는 아무리 힘들어도 가족은 한 지붕, 한 보금자리에서 늘 함께하는 것이 중요하다고 믿고 실천했다.

섬 지역, 아이들의 교육 여건이 열악하고 불편하다고 해서 가족이 함께하지 못하고 아이들은 도회지에 남기고 가족이 흩어져 사는 순간 가족이라는 조직은 그 기능을 부분적으로 상실하게 되고 시간이 갈수록 가족 구성원의 관계가 선택적 관계로 남겨져 협력이 필요할 때 각자의 자리를 지키지 못하는 취약성을 낳게 된다는 것이다.

힘들 때 힘든 것을, 서러울 때 서러움을 함께 하는 것, 눈물도 웃음도 함께하는 것, 이것이 결국 아이들에게 진정한 가족 사랑을 일깨워주고 인성을 다지는 데 결정적인 역할을 한다는 것을 확신했다.

넉넉지 않은 살림을 살면서 엄마가 아이들에게 줄 수 있는 모든 사랑을 안겨주었다. 손수 딸의 치마를 만들고 뜨개질로 아들의 목도리를 마련하고 화려하지 않고 유명한 브랜드는 아니지만 깨끗한 옷맵시로 아이들의 몸에 사랑을 걸쳐주었다. 그리고 더욱 중요한 것은 가족을 꾸리고 살면서 20여 차례의 이사를 했지만 우리 네 식구는 단 한 번도 떨어짐 없이 함께했다는 사실이다.

어느덧 아들딸이 장성하여 이제는 집안에 일이 있으면 먼저 나서고 지나가는 노인을 뵈면 고향에 계시는 할아버지 할머니 안부가 궁금해 전화통화를 잊지 않는다. 취업이 어려운 시대를 살면서 뜻대로 되지 않아도 앞서 부모 걱정으로 좌절하지 않고 밝은 모습으로 최선을 다하며 살아가고 있다. 늘 엄마의 건강을 걱정하며 좋은 말벗이 되려고 애쓰는 아이들의 모습을 보면서 부부가 특별히 아이들에게 안겨준 것은 없지만, 변함없이 지향해 왔던 훈육의 방향과 가족에 대한 철학을 잘 받아들이고 살아왔음을 느끼게 된다.

주변에 사는 지인의 안타까운 이야기이다.

자식을 누구보다 훌륭하게 키우겠다는, 가난한 삶을 자식에게 물려주지 않겠다는 생각으로 아들의 외국 유학을 결정하였고 부인 또한 아들 뒷바라지를 위해 동행했다. 처음에는 부모가 자식을 위해 할 바를 했다는 생각으로 살아왔지만 해가 거듭될수록 가족을 보고 싶어도 볼 수 없고 품고 싶어도 품을 수 없는 단절된 가족관계에 소외감을 안게 되었다. 소외감을 벗으나려 다양한 노력을 했지만, 결국에는 우울증 판정과 더불어 약물치료를 받고 있다는 것이다.

유학을 통해 성공하는 경우도 있지만 그렇지 못한 경우가 훨씬 많다. 그리고 실패한 부모들이 살아가는 데 있어 가장 힘든 것은 자식의 인성 문제라고 한다.

이질적인 외국 문화에 대래 잘 적응하지 못하는 자 녀는 그 나라의 문화적 미아가 되고, 귀국해서는 다시 모국 문화에 적응하지 못해 방황한다는 것이다. 또한 이와 함께 찾아온 심리적 불안과 혼란은 개인의 인성에 손상을 입히고, 이로 인해 부모 자식이 힘든 시간을 보낸다는 것이다.

자식을 사랑하는 방법은 집안의 환경과 여건 그리고 부모의 마인드에 따라 다를 수밖에 없다.

너무나 당연한 이야기이다.

그러나 가족이라는 울타리 속에서 아이들과 항상 함께하며 반듯한 정체성을 마련하는 것, 이것이 어쩌면 자식을 진심으로 사랑하는 방법이 아닐까?

•

# 새벽 명상

새벽 4시, 내 일상의 하루가 시작되는 시각이다.

아내가 차려준 새벽식사를 하고 직장에 향하는 나의 마음속에는 늘 고마움과 새로움, 내일의 희망이 함께한다.

직장 생활의 하루는 너무나 단조로울 수 있는데, 이것을 벗어나 변화를 찾을 수 있었던 것은, 짧은 시간이지만 새벽에 일어나 자신을 살펴보는 시간, 즉 명상의 시간 때문이다.

밤은 하루 일과 속에서 지친 육체와 정신을 치유할 수 있는 평온한 공간과 환경을 마련해 준다. 새벽은 다시 시작되는 하루에 대해 새로운 의미를 부여하고 어제 보다는 조금 더 희망적이고 열정적인 하루를 마련하는 데 있어 더없이 소중한 시간대이다.

나는 하루의 생활을 정리하는 일기를 통해 마음을 정제하고 삶의 환경을 최소한 단정히 가꾸기 위해 노력해왔다. 최근 들어 숲이 우거진 자연환경 속으로 이사를 한 후, 매일 접하는 맑은 공기와 경치는 나에게 숨겨져 있는 인문적인 요소를 자극하였고 그래서 내가 새로이 욕심 낸 것이 새벽에 명상 시간을 가지는 것이었다.

새벽에 일어나 가지는 명상 시간은 10분 정도의 짧은 시간이고 진행 과정이 특별히 정해져 있지는 않다. 지나간 일에 대해 반성하고 새로이 시작되는 일과에 대한 새로운 각오를 다지는 시간이다. 특히 주말에는 조금 더 시간을 내어 일상에서 접했던 전반적인 상황과 사실에 대해 깊고 넓게 헤아려 보고 새로운 한 주에 대한 생활을 디자인하는 시간으로 진행한다.

명상을 함에 있어 가장 먼저 그리고 자주 반영하는 요소가 개인의 정체성과 직접적인 관련이 있는 가족 구성원이다.

부모님이 계시기에 현재의 내가 존재하는 것은 너무나 당연하지만 그 소중함을 저버리지 않고 살아가는 것이야 말로 자식이 갖춰야 할 도리이고 나 자신의 기본 가치라 확신한다. 현재의 내가 존재하기까지 부모님이 베푸신 은혜를 그 무엇과도 비교할 수 없음을, 또한 이 나이 먹도록 이렇게 온전한 것이 가족 구성원의 보이지 않는 사랑과 배려 그리고 보살핌이 큰 몫을 차지하고 있음을 새긴다.

혹시 나만의 삶을 위해 가족 구성원의 가슴에 상처를 안겨준 적은 없는지, 알량한 이기심으로 자신에게 비굴했던 그리고 가족을 등한시했던 일은 없었는지 냉철히 반성한다. 그리고 이를 통해 소중한 가족 구성원에 대해 좀 더 사려 깊은 역할과 실천을 위해 자신과의 약속을 이끌어 낸다.

명상에서 또한 중요한 몫을 차지하는 것이 친구에 대한 생각이다. 특히 고향에 있는 어릴 적 친구들은 진정성과 우정을 바탕으로 서로의 관계를 온전히 맺고 유지해온 소중한 존재이다.

최소한 친구에 대한 생각은 삶에 있어 순수한 인간관계가 무엇인지를 일깨워주는 소중함이 함께한다. 물질보다는 마음이 넉넉해서 좋고 욕심보다는 순수함이 배어 있어 늘 포근하다. 주체할 수 없는 슬픔이 있을 때 늘 가까이와 그 슬픔을 함께하는 고향친구에 대한 생각은 하루를 시작하는 내게 새로운 에너지를 챙겨 주는 비타민과 같은 것이다. 소중한 친구들과 관계에 있어 내가 부족했던 부분을 헤아리고 이를 해소할 수 있도록 나 자신을 질책한다.

명상에 있어 빠뜨릴 수 없는 요소가 직장에 대한 생각이다.

일상의 대부분을 함께하는 직장은 내게는 인생 2막을 시작한 곳이기에 그 누구보다 이에 대해 소중한 의미를 찾으려 노력하고 있다. 직장에 대해 개인마다 생각의 관점에 차이는 있을 수 있겠지만, 직장 속에서 엮어가는 인간관계는 삶을 꾸려가는 데 있어 현실적으로 가장 중요한 비중을 차지하는 요소일 것이다.

우여곡절이 많은 직장생활, 대다수 직장인들은 가능한 한 이를 노출시키지 않고 살아간다. 직장과 근무환경에 따라 정도의 차이는 있을 수 있지만 상하 좌우의 인간관계 그리고 직업의 안정성에는 항상 가변적인 것들이 따르기 때문에 이로 인해 겪는 개인적인 갈등은 존재할 수밖에 없다. 그래서 직원들은 부서를 이끌어 가는 리더에 대해 관심이 많고, 리더의 수준이 자신의 리스크를 부분적으로 해소해 줄 것이라 믿는다.

내가 책임지고 리더해가는 부서의 업무는 누구나 할 수는 있지만 그렇다고 아무나 업무의 성과를 낼 수 없는 특별한 업무라고 해야 옳은 표현일 것이다. 일부는 부서가 하는 업무를 두고 철학적이고 과학적인 업무라고 표현하는 경우도 있다. 이는 사람을 상대로 협력과 이해를 이끌어 내야 하는 업무이고 이를 위해 상대의 심리를 헤아릴 수 있는 심적 투시 능력과 상대를 설득하는 데 필요한 과학적 근거와 논리가 함께해야 한다는 의미일 것이다.

자식을 설득하고 이끌어가는 것도 힘든 일인데, 개인의 이익은 물론 집단의 이익이 걸려 있는 문제를 놓고 상대를 이해시키고 회사의 정책에 협력적인 입장을 이끌어내는 것은 무척 어려운 일이다.

어렵고 불투명한 업무이기에 타 부서에 비해 상대적으로 조직의 경직성이 높다. 그리고 회사 정책을 차질 없이 펼쳐질 수 있는 조건을 계획된 일정 내에 마련하려면 끈질긴 근성과 함께 몰입해야 한다.

업무의 특성을 고려해서 조직과 조직원을 편성하지만 업무의 성과는 결국 상대의 마인드를 언제 어떻게 얼마나 이끌어내는가에 좌우되기에, 시간과 노력의 투자에 비해 형편없는 결과물을 가져올 때도 많다.

조직원들에게 누적되고 있는 정신적 육체적 피로를 줄여주고 자신의 업무에 당당하고 조직 중심의 결속을 유지하기 위해 노력하는 팀원에게 내가 할 수 있는 배려와 창의적인 역할을 다짐한다.

명상의 시간은 이제 나에게는 일상의 중요한 부분이 되었다.

명상의 시간은, 소중한 것을 보다 더 소중한 것으로 만들고 나서는 것보다는 숨은 역할을 보다 더 값지게 여기는 지혜를 마련해 준다.

명상의 시간은, 복잡한 것에서도 차분함을 안겨주고 거친 것에 대해서도 부드러움을 생각할 수 있는 마음의 눈을 만들어 주기에 내게는 소중한 시간이다.

•

# 편지 쓰기

살면서 상대방에게 마음을 전달하는 방법은 다양하다.

시간이 충분하면 직접 찾아가서 상대방을 뵙고 자신의 생각이나 의도를 전달하는 것이 어쩌면 가장 예를 갖추면서 마음을 정확히 전달하는 방법일 것이다. 그러나 이 방법은 일상에 시간적 여유가 있을 때 가능한 것이고 그런 여유를 가지고 살아가기에는 너무나 각박한 현실 속에 있음을 우리는 잘 느끼고 있다.

마음이나 의사를 전달함에 있어 최근에 가장 대중적인 방법은 상대방에게 전화를 걸거나 또는 휴대폰을 이용해 전하고 싶은 생각이나 사실을 문자로 작성해서 상대방에게 전달하는 것이다. 이 방법이 편리하게 그리고 쉽고 빠르게 의사를 전달할 수 있는 방법이기 때문에 직장에서 상급자와 부하직원 사이에 업무에 관련된 소통의 방법으로는 좋은 수단이다. 그러나 상급자 또는 연장자에게 마음을 전달하는 방법으로 선택하기에는 나름 큰 용기가 필요하다.

어쩌면 이런 방법으로 연장자에게 마음을 전달했는데, 만약 이에 대해 상대방의 반응이 없으면 당사자는 자신의 경솔함, 무례함을 자책하며 시간을 보내는, 그래서 마음의 고통을 안게 될 지도 모른다. 그만큼 마음을 전 달하는 방법에는 상대방에 대한 적당한 인식과 배려를 고려한 전달 방법을 적용할 때 만족스러운 효과를 얻을 수 있는 것이다.

이와는 달리 시간적 제한성을 초월하고 상대의 위치나 환경과 관계없이 마음을 자유롭게 전달하는 방법으로는 편지 쓰기가 좋은 도구일 수 있다.

물론 이것은 전달하고자 하는 자신의 마음을 직접 글로 써 옮겨야 하는 부담이 있기는 하지만, 자신만의 공간에서 충분한 생각을 담아낼 수 있고, 직접 대면해서 표현할 수 없는 마음속 진심을 담을 수 있다는 것이 제대로 된 장점이라 생각한다.

내 책장에는 과거에 40여 년 전 아내와 연애시절에 주고받았던 편지를 정리한 파일이 있다. 최소한 한 해 두 번은 아내와 함께 편지글을 읽어본다. 내가 아내(당시 나의 애인)에게 보낸 편지에는 젊은 시절, 애인이 보고 싶어 주말을 기다리는 간절한 심정, 직업군인으로서 내가 지향하는 목표와 포부, 세상의 이치에 역행하는 사건들에 대한 비판, 자식으로서 고향 부모님을 향한 마음 등 다양한 내용들이 담겨 있었다.

아내가 내게 쓴 편지 내용에는 세상을 살아가는 이야기보다는 문학 작품에 대한 서평, 군 생활에 대한 염려하는 마음, 부모에 대한 효행과 관련성이 있는 이야기 등 다양한 소재를 담고 있다.

연애시절의 편지를 펼쳐보면서 우리 부부는 마치 타임캡슐을 타고 40년 전을 여행하는 느낌을 갖는다. 모아둔 편지들은 일상에 새로움을 안겨주고 세상살이 속에서 서로의 마음에 몰려 있던 부정적인 거품을 씻어 주는 소중한 도구가 되었다.

젊은 청년 시절, 나는 부모님께 편지를 통해 안부를 자주 전했지만 결혼을 하고 가정을 꾸린 후에는 그렇지 못했다. 그러나 최소한 한 해 두 번은 꼭 부모님께 편지를 올렸다. 물론 전화로 평상시 안부를 전하지만 편지를 쓰는 이유는 가슴 속에 숨 쉬고 있는 자식의 마음을 전하고 싶은 심정이 간절했기 때문이다.

세월이 지나 부모님에 대한 자식의 존경심, 부모님이 고생하시어 만들어 주신 오늘의 충족함에 대한 감사의 마음, 직업군인으로서 자식이 추구하는 가치와 소신 그리고 장래의 목표, 손자 손녀의 자랑거리 등의 내용이 주를 이루었다.

보낸 편지에 부모님의 답장은 없었다. 물론 답장을 기다리지 않았다. 왜냐하면 평상시 부모님은 자식들에게 몸소 조용하고 묵직한 실천으로 소중한 것이 무엇이고 어떻게 살아가는 것이 정도인지를 일깨워 주셨기 때문이다.

최근에 부모님을 뵙기 위해 고향에 들렀는데, 그동안 부모님께 보냈던 편지를 버리지 않고 차곡차곡 정리해 두신 것을 발견했다. 더욱 놀랍고 내 마음을 울린 것은, 그 편지지가 낡아질 정도로 자주 읽으셨던 흔적, 그것이었다. 낡음의 정도가 결국 자식에 대한 그리움의 정도였을 것이라 생각하는 순간 가슴이 먹먹했다.

이렇듯 편지는 자신의 마음을 담아 상대에게 전달하는 수단이며 이것은 과거를 둘러볼 수 있는 좋은 도구이기도 하고, 삶이 힘들고 괴로울 때 초심을 헤아릴 수 있는 계기를 만들어 주기도 하며, 잠시 잊었던 젊은 날의 꿈을 복기할 수 있는 영광도 마련해 준다.

편지는 자신을 중심으로 일어나는 사연들을 담아 상대에게 전달하는데, 그 용기와 정성이 배어 있기에 소중함은 배가 된다.

부모님은 자식들의 마음이 담긴 편지를 읽으시면서 자식들에 대한 그리운 마음을 달랠 수 있었던 것이다. 상대에게 마음을 전달하는 방법은 세월이 갈수록 더욱 다양해지고 있다.

하지만 지난 세월을 회고하고 꼼꼼히 복기해보면, 편지를 쓰는 것만큼, 자신을 스스로 성숙시키고 상대에게 진심을 전달하고 마음의 흔적을 제대로 남길 수 있는 수단은 흔치 않은 것 같다.

편지를 써서 마음을 전달하는 것은 참으로 어려운 것일 수 있겠지만, 익숙하지 않아 용기내기 어려운 것이지만 그것을 실천하는 순간 가족과 자녀에게 미치는 영향과 자신이 얻는 무형의 가치는 엄청날 것이라 확신한다.

편지를 쓰는 것이 세월의 흐름 속에 이제 보편성의 순위에서 밀리고 있지만, 이것을 실천하는 순간 개인에게 안겨주는 알찬 행복감은, 세월의 흐름 속에 모진 풍파가 불어 닥쳐도 결코 꺼지지 않는 마음의 난로가 되어 주인과 함께할 것이다.

시간 내어 부모님께 한통의 편지를 써서 자녀들에게 읽어주자. 자녀에게 그 편지를 읽어주는 아빠는 아이들에게는 작은 영웅이 될 것이고, 고향의 할아버지 할머니는 위대한 영웅이 될 것이다.

•

# 인성(人性)

오랜 만에 퇴근 시간을 이용하여 마음 맞는 동료들과 저녁식사를 하면서 삶의 흐름에 대해 스케치해보는 시간을 보냈다.

서로 주고받은 이야기 중에 가슴을 먹먹하게 하는 것이 있었다. 살아가면서 인간에게 가장 중요한 것 중 하나가 인성인데, 세월의 흐름 속에 안타깝게도 이런 부분이 취약해지고 있다는 것이다. 대다수가 이것에 대해 공감하는 가운데 한 동료는 최근에 자신이 겪었던 이야기를 했다.

작년 여름 어느 토요일 오후, 자신이 사는 아파트 단지 내 놀이터에서 이런저런 생각을 하면서 시간을 보내고 있는데 중학생으로 보이는 학생들이, 주변 시선은 아랑곳하지 않고 흡연하고 소란을 피우는 현장을 목격했다는 것이다. 그냥 모르는 척 넘기고 싶었지만 그래도 비슷한 또래의 자식을 양육하고 있는 부모의 한 사람으로서 조심스럽게 다가가 착한 말로 타일렀다.

이에 대해 학생들은 긍정적인 수긍이 아니라 아주 심각한 반항으로 감정을 표출했다. 아저씨가 무슨 자격으로 간섭하냐며 거친 반응과 더불어 대들었다.

생각조차 하지 않았던 학생의 반항에 당황스럽기도 했지만, 스마트폰으로 현장을 촬영하면서 우선 경찰을 불러서 시시비비를 가리고 학교에도 반드시 알리겠다며 강하게 의지를 표명하고 호통을 치자 그제야 사과 없이 그 장소를 떠났다는 것이다.

공공의 장소를 탈선의 은신처 삼아 막무가내로 행동하는 학생에게, 자식 같은 애정과 함께 학생 신분으로 좀 더 바른길로 인도하고 싶었던 동료의 맑은 관심이 오히려 충격으로 돌아온 것이다.

인성의 상실로 우리 사회는 심리적으로 앞뒤좌우가 없는 불안한 상황에 직면했다.

얼마 전에는 30대 여성이 자신을 기분 나쁘게 쳐다본다는 이유로 지나가던 70대 노인의 뺨을 때리고 하이힐로 걷어차는 폭행사건이 언론에 폭로되었다.

술에 취한 10대가 자신의 어깨를 부딪쳤다는 이유로 새벽운동에 나섰던 할아버지(70대)를 무차별적으로 폭행했던 사건은 국민적 분노로 낳았다.

여대생의 부모가 자신과 교제하는 것을 반대한다는 이유로 사전에 살해할 계획을 세우고 배관 수리 기사로 위장하여 아파트에 잠입, 여친의 부모를 살해한 사건은 분노를 넘어 인성에 대한 새로운 틀을 마련해야 할 절박감을 안겨주었다.

동료들은 인성의 문제로 인해 발생되는 다양한 사건들을 이야기하면서, 인성 실종으로 우리가 숨 쉬는 인간 사회가 불안과 충격으로 얼룩지고 있는 것에 더 이상 방관자가 되지 말자며 각자의 아이디어를 제시했다.

1. 정부(교육부)가 인륜의 덕목을 생활 속에 접목시켜 결핍한 인성을 보완해 나가는 정책을 추진하고 있지만, 이런 노력과 성과에 비해 반인성적인 사건의 발생 빈도가 증가하고 있다는 것을 비판하면서 보다 폭넓고 강도 높은 이슈 파이팅의 필요성을 주장했다.

2. 세상의 흐름은 미리 준비하는 편으로 합류한다는 점을 언급하면서 인성의 상실로 노출될 수 있는 문제를 제대로 예상하고 선도적인 정책을 준비할 수 있는 기구를 마련하고 운영하는 것이야 말로 인간의 불안감을 해소하는 현실적인 지혜임을 언급했다.

3. 인성의 문제는 가해자와 피해자의 문제가 아니며 어쩌면 인간이 인간답게 살고 싶은 맑은 권리를 짓밟는 문제로 전후, 상하구분 없이 전 계층을 대상으로 다뤄져야 할 문제이며, 이 분야의 정책 추진은 최대 규모의 동참을 이끌어 낼 수 있는 방안과 함께해야만 효과를 이끌어 내고 확장성을 기대할 수 있다고 주장했다.

4. 사람의 인성 문제는 단순히 교육적 치원에서 해석하고 방법을 찾을 수 없는 것이고, 기존의 관행과 관습에서 다루어진 덕목으로 해결할 수 없다며, 이제는 모든 계층이 시대적이 변화를 제대로 인식한다는 과정하에 모든 계층과 세대가 동참하는 통합형 인성 강화 모델을 마련하고 운영해야 함을 제시했다.

인성적 문제가 사회적 위기를 초래하고 있음을 눈으로 지켜보면서도 그것에 대한 총체적인 수술을 생각하지 않는다면 인성이 풍족한 세상을 원하는 우리의 소망은 그저 사치스러운 희망사항으로 남겨질 것이다.

지금은 어떤 믿음, 어떤 기대가 필요한 것이 아니라 인간에게 인성을 제대로 장착 시킬 수 있도록 사회적 실천만이 필요한 것이다.

인간이 주인인 이 세상에 선한 인성이 활보하는 세상을 안겨주도록 함께 하는 노력이 어쩌면 인간 세상에 대한 기본 예의이고 맑은 사랑 아닐까?

•

# 갈등(葛藤)

우리가 살아가는 이 사회가 갈수록 갈등의 종류가 다양해지고 정도가 심각한 단계에 이르고 있다. 심리학자들이 이러한 갈등에 대해 많은 연구를 하고 학술적인 논문을 게재하고 있지만 가정, 직장, 사회 등 다양한 조직단위에서 발생하고 있는 갈등을 치유하는데 한계가 있다. 즉 이론이 현상을 따라잡지 못한다.

갈등의 근본적인 원인이 사람의 마음 그 자체에 있기 때문이다. 이에 대한 사회적, 교육적 접근만이 갈등을 줄이고 그 구조를 개선할 수 있는 것이다.

공통적일 수도 있지만 내가 이끌어가는 가정생활, 내가 몸담고 있는 직장 생활, 내가 속해 있는 사회생활에서 그동안 발생되었고 지금도 반복되고 있는 갈등에 대해 의견을 제시하거나 토론의 기회가 있을 때마다 갈등의 근본적인 원인을 두 가지 요소, 즉 아집(我執)과 욕심(欲心)이라 언급해왔다.

이는 학술적 관점도 아니고 단순히 일상의 삶 속에서 겪어온 생활 속의 많은 갈등과 그와 관련된 주변의 움직임에 대해 간직해 온 의견이기도 하다.

아집(我執)은 자기중심적으로 생각하고 그 생각에 사로잡힌 고집을 의미한다. 이것이 갈등을 낳는 이유는 타인의 생각이나 의견에 귀 기울이지 않고, 설령 의견을 듣더라도 그것을 인정하거나 허용하지 않는 꽉 막힌 마음의 벽을 유지하고 있기 때문이다. 상대방의 아집으로 인해 조직이 망가지는 경우를 우리는 종종 접할 수 있다. 특히 직장 생활 속에서 다수의 의견을 무시하거나 의견 자체를 뒤로하는 리더의 아집은 소통의 노력으로는 조직과 조직원들의 결속을 이끌어 낼 수 없는 최악의 상태에 머물게 된다.

최근에 들어, 조직의 규모와 관계없이 소통의 문화를 소중히 여기고 이를 시스템적으로 강화하려는 시도가 이어지고 있다. 결국 아집에 의한 조직운영은 한계를 극복하지 못하기 때문에 이것은 조직발전에 있어 아집을 제거요소로 인식하는 움직임일 것이다.

유명한 기업을 과학적, 실증적으로 연구하고 경영철학을 펼치고 있는 미국의 컨설턴트인 '짐 콜린스'가 기업의 리더 중에서도 좋은 기업을 넘어서 위대한 기업으로 도약하는 리더들의 특성에 대해 언급한 바가 있다.

경영에 성공하는 부류의 리더들은 자기중심적인 아집으로 조직을 이끌지 않고 오히려 자신들의 주장을 삼가고 진심으로 겸양한 태도를 유지하는 반면, 기업경영에서 실패하는 리더들은 아집과 권위의식이 강하고 자기중심적이라는 점을 강조했다.

또한 경영철학자로 유명한 피터 드러커 교수는 자신의 자서전을 통해서 자기중심적이고 아집을 벗어나지 않는 리더는 결코 성공할 수 없으며 진정한 리더(지도자)는 일반적인 통념과 달리 모든 것을 자기 손아귀에 집중시키는 것이 아니라 하나의 팀을 구성하여 모든 것을 집중시켜 나갈 때 조직을 정직하고 성실하게 이끌어갈 수 있음을 강조했다.

즉 아집에 의한 조직운영은 내부적인 갈등으로 결집이 필요한 시기에 이를 이끌어낼 수 없는 소모적인 상태에 머물 수밖에 없음을 강조하는 것이다.

욕심(欲心)은 어떠한 것을 추구함에 있어 지나치게 탐내거나 누리고자 하는 마음을 의미한다.

사람의 마음에 항상 이글거리는 욕심을 수시로 경계하고 정제해야 하는 이유는 간단하다. 사람이 사는 세상에서 주변의 사람을 가까이 하고 친숙한 관계를 유지하는 것이 소중하기 때문이다.

자신의 욕심을 채우기 위해 수단과 방법을 가리지 않는 자들의 주변을 자세히 살펴보면, 욕심 그 자체가 세상살이에 얼마나 부질없고 추한 것임을 깨닫게 될 것이다. 그런 인간을 좋게 이야기하는 사람이 있을 수 없고 누구도 가까이하려 하지 않을 것이며, 특히 어려움에 처했을 때, 결정적으로 필요할 때는 주변의 동정도, 손길도 받지 못한다는 것이다.

욕심과 관련된 과유불급(過猶不及)이라는 사자성어가 있는데, 이는 지나침은 부족함보다 못하다는 의미로, 우리의 일상에서 무리한 욕심과 과한 행동을 경계하라는 용어로 자주 인용된다.

부족한 경우에는 겸손해지고 채울 수 있는 여지가 있지만 넘치면 타인을 가볍게 보고 무시하여 그래서 이것이 갈등의 씨앗과 열매로 남게 된다는 깨달음을 안겨 주는 사자성어라 생각한다.

아집과 욕심으로 인해 작게는 가정, 크게는 사회가 겪게 되는 갈등의 정도가 갈수록 심화되고 있다. 그리고 우리의 일상에서 발생하는 갈등도 곰곰이 생각해 보면 그 근본은 아집과 욕심에서 시작되는 것이다.

세월이 갈수록 살기는 편해지고 있는지 몰라도 모든 분야에서 갈등으로 시작된 파열음이 요란해 지고 있음을 부인할 수 없을 것이며, 원인이 무엇인지 너무나 분명하다.

인간이 인간에게 어색하지 않고, 인간이 사회에 어색하지 않은 세상을 마련하기 위해, 인간이 인간을 가까이하는 것이 최고의 행복인 그런 사회를 이끌어 가기 위해 우리는 각자의 마음에서부터 갈등의 씨앗을 제거해 보자.

어쩌면 이런 노력이 자기 자신과 주변인 그리고 속한 조직과 사회를 존중하고 사랑하는 착한 배려가 아닐까?

그리고 이런 노력이 곧 인간이 인간답게 살 권리에 대한 자연스러운 책임 아닐까?

•

# 전철 안 풍경

외손녀를 만나기 위해 한 달에 한두 번씩 전철을 이용하는 시간은 말 그대로 즐거움 그 자체이다.

초등생으로 보이는 아이와 엄마가 맞은편에 앉아 있었다. 전철이 SW역에 도착하자 할아버지 한 분이 승차하신 후 아이 옆 빈자리에 앉으셨다.

할아버지는 집안의 손자 또래일 아이에게 호감을 가지고 아주 따뜻한 표정과 함께 아이와 대화를 하기 시작했다.

할아버지가 나이와 학년을 묻고 행선지를 물었지만 아이는 스마트폰으로 게임을 하고 있는 엄마의 눈치를 살피면서 대답대신 경계를 하기 시작했다. 이를 지켜보던 아이의 엄마는 불쾌하다는 표정과 더불어 아이를 감싸 안았다.

할아버지는 선의의 생각과 행동과는 아주 동떨어진 아주머니의 표정에 몹시 당황한 나머지 무안하셨는지 그 자리에 앉아 있지 못하고 다른 좌석으로 이동했다. 할아버지가 다른 곳으로 이동하자, 엄마와 아이는 마주보고 눈웃음을 치며 마치 흥미로운 그 무엇을 성취한 듯한 표정을 보이고는 다시 스마트 폰으로 게임을 즐기기 시작했다.

전철이 YY역에 도착하자 80대 할머니가 불편한 몸으로 전철에 올랐다. 허리가 90도 굽은 상태라 손잡이를 잡을 수 없다. 주변에 앉아 있는 어떤 분이 자리를 양보하거나 도움을 주면 좋겠는데, 대다수는 시선을 오로지 스마트 폰에 고정시키고 있어 이를 기대한다는 것은 착한 욕심이었다.

달리는 전철이 커브 길에 들어서자 할머니는 잠시 중심을 잃었다. 이로 인해 옆에 있는 젊은이 측으로 쏠리면서 살짝 부딪쳤다. 할머니는 미안해서 어쩔 줄 모르는 표정으로 학생의 눈치를 보고 겨우 서 계셨다. 그런데 젊은이는 혼자 말로 "아이 짜증나" 하며 인상을 찌푸렸다. 이를 지켜보고 있던 외국인 여성이 벌떡 자리에서 일어나더니 서툰 한국말로 "할머니 여기 자리" 하면서 할머니께 자리를 양보했다.

내 눈 앞에 펼쳐지는 이런 풍경들이 제발 꿈이었으면 좋겠다는 바람으로 마음을 달랬다.

복잡한 전철 안에는 각자의 스마트 폰을 중심으로 보이지 않는 투명한 벽을 마련해 놓고 옆에서 어떤 일이 일어나든 그것은 상관없고 오로지 자신의 영역에 다른 사람의 접근이 감지되면 그것을 경계하고 약간의 불편함을 당하면, 미안해 어쩔 줄 몰라 하는 상대의 태도와는 관계없이 가차 없이 예민한 태도를 보인다.

스마트 폰의 문화와는 거리가 먼 할아버지는 평생을 익혀 온 사람에 대한 사랑, 손자에 대한 애정을 아이에게 표현한 것인데 상대로부터 돌려받은 것은 냉정함, 무안함 그것이었다. 할아버지는 당신의 세상이 최소한 인간다움은 살아 있을 것이라 믿으며 살아오셨는데, 불행히도 공공의 공간에서 개인은 철저하게 자신만의 투명한 경계의 벽을 마련해 놓고 살아가고 있으니 이를 어찌해야 좋을지.

외국인들이 한국을 언급할 때 자주 사용하는 말 중에 하나가 "동방예의지국(東方禮儀之國)" 그것이다. 한국 사람들은 일상생활 속에 예의를 갖추는 데 익숙해 있는 품위 있는 나라임을 의미하는 것이다.

전철 안에서 일어났던 풍경을 생각하면서, 그 누군가는 예의를 일상의 소중한 덕목으로 간직하고 실천하던 것을 이제 불편한 사치로 생각하고 살아가는 것은 아닌지, 외국인이 오히려 예의를 통해 개인의 품위를 찾아가는 그런 사회 속에 살고 있는 것은 아닌지, 염려스러움을 내려놓을 수 없다.

씁쓸한 기분으로 가까스로 목적지에 도착하셨을 할아버지, 할머니의 모습이 뇌리에 머문다.

할아버지, 할머니는 홀로 앉아 이렇게 독백을 하고 계시지 않을까?

보시게 젊은이!

나는 자네에게 대접받고 싶은 생각 절대 없고 그냥 인간이 주인인 세상, 인간답게 어울리다가 떠나면 좋겠는데, 왜 그것이 그렇게 어려운가?

이봐요, 아주머니!

아이들에게 어울리며 사는 것을 잘 가르쳐야 하는데, 이는 고사하고 상대에 대해 벽을 치고, 어른을 경계하는 것을 가르치고 있으니 아이들 장래에 찾아올 숨통 막히는 세상을 어떻게 책임질 것인가?

자식들에게 풍족한 세상을 만들어 주겠다는 일념으로 자신의 희생조차도 기꺼이 감수하며 살아오신 그분들의 하루는 정말 무겁고 긴 하루였을 것 같다.

전철 안에서 목격한 풍경이 일상에서 흔히 접하는 그것이 아니라 오늘 하루에 한해 노출된 특별한 풍경이었으면 좋겠는데.

그렇게 믿고 싶다.